作
ソフィー・アンダーソン

絵
メリッサ・カストリヨン

訳
長友恵子

小学館

ガリーナ、サーシャ、エディへ。
あなたたちが歩くところに
スノードロップが咲きますように。

BOOK DESIGN
albireo

1 はじめての雪

何かが降《ふ》ってきた。

ごく小さな結晶《けっしょう》が、しんとした冷たい空気の中をふわふわとただよっている。

これが雪なのか。

ターシャはミトンの片方《かたほう》をぬいで、その手を前にさしだした。

「雪だ！」

うれしかった。ずっと、雪を見るのが夢《ゆめ》だったのだ。

でも大きな声を出したことに、われながらはっとした。すぐにヤギの放牧地の向こうの小さな家を見やる。居間《いま》のカーテンは半分引かれていた。煙突《えんとつ》からは、煙《けむり》がゆっくりと円をえがいて立ちのぼっている。

大声出すんじゃなかった。おじいちゃんはストーブの前でうとうとしているはずだ。起こしちゃいけない。それに、ママとパパは冬をむかえるために、薪《まき》を割《わ》ったり干《ほ》し草《くさ》を刈《か》ったりカブをわらにつめたりと、いそがしいはずだし……。

ターシャは、おじいちゃんがひとりでやっていけなくなった農場へ、両親といっしょに三か月前に引っこしてきた。今は冬にそなえてすることが山ほどある。雪が降《ふ》ってきたってさけんだからって、じゃまするだけだ。

ターシャは、辺りの景色を見わたした。そびえる山に雪雲がかかり、谷あいに点々《てんてん》と散らばる農家の明かりが、降《ふ》りそそぐ雪の中できらきらと光っている。

谷あいはいつも静かだったけれど、さらに深い静けさに包まれている。降《ふ》ってくる雪の結晶《けっしょう》はどんどん大きくなる。はじめは、長く暗い夜にランプのもとで読む古い図鑑《ずかん》の文字くらいの小ささだった。次に、おじいちゃんが冬の咳《せき》をしずめるためにハニーティーに入れる大粒《おおつぶ》のコショウの実くらいの大きさになった。そのまた次には、パパが毎朝食べるポリッジ（オートミールを牛乳で煮《に》こんだお粥《かゆ》）にまぜる干《ほ》しブドウくらいの大きさにまでなった。

粉砂糖《こなざとう》をまぶしたケーキのように、辺り一面に雪が積もって、明るくかがやいている。あまりの美しさにターシャはふっと笑いをもらした。もう片方《かたほう》のミトンもぬいでから、両腕《りょううで》をのばし指をいっぱいに広げて、くるくる回った。

それから、回るのをやめて顔をあげ、空から雪が降《ふ》ってくるのをじっと見た。雪の結晶《けっしょう》は、ものすごく大きくなったけれど羽根みたいに軽い。ターシャの肌《はだ》にあたるととけて冷たい水のしずくになり、三《み》つ編《あ》みにした黒髪《くろかみ》の上で星のようにかがやく氷のビーズとなってきらめく。ターシャは目を閉《と》じ、口を開けて、雪の結晶《けっしょう》がまつげにくっつき、舌《した》の上でとけるのを感じた。

雪！

ターシャが想像《そうぞう》していたよりも、ずっと、ずっとすてきだった。

生まれてから十二年間、ターシャはずっとソルトベリーに住んでいた。ここからずっと南にある海ぞいの町で、雪はまるで降《ふ》ったことがなかった。でも、おじいちゃんの農場がある谷あいは、毎年雪がたくさん降《ふ》ると話には聞いていた。

ああ、これが雪なんだ！

雪は、山の空気と松の葉っぱの味がして、ターシャの体は興奮《こうふん》でふるえた。

「ファーディナンド、見てごらん、雪だよ！」

ターシャはしゃがんで、子ヤギのファーディナンドの頭をなでた。ファーディナンドは生まれてまだ数か月で、ターシャのひざ下までの大きさしかない。小さなフェルトのコートを着せられて暖《あたた》かくして

いる。ファーディナンドは雪を見上げて「メエエー」と鳴き、舌《した》を出して雪の結晶《けっしょう》をつかまえて食べようとした。ターシャはほほえんでもう一度なでてやると、立ちあがった。

いちばん近くの農家へ目をやった。ここから三十分ほど歩いたところにある。降《ふ》りしきる雪のせいで見えなくなりかけていたけれど、二階の窓辺《まどべ》で何かが動いた。きっとクララだ。ターシャと同い年くらいの女の子で、両親と二歳《さい》になる双子《ふたご》の弟、レオとステファンといっしょに住んでいる。

ターシャは、クララが自分の部屋の窓《まど》からぬけだして、近くの木の太い枝《えだ》に乗りうつるところを何度も見たことがあった。クララの姿《すがた》が窓《まど》からすばやく動き、はしゃぎ声が遠くからひびいてくると、ギョッとして心臓《しんぞう》がちぢみあがった。クララがぶじに地面におりたのを見届《みとど》けると、安心してため息をつく。

クララはこわいもの知らずだ。ジノヴィーという名前の灰色《はいいろ》の馬を乗り回したり、岩にペグを打ちこみロープにつかまって山をのぼったりしている。いっしょに馬に乗ろう、山のぼりしようと何度かさそってくれたけれど、そんな危《あぶ》ないことを想像《そうぞう》すると、背筋《せすじ》が寒くなった。だいたい、おじいちゃんの農場からはなれると思っただけで、ターシャは不安になるのだった。

前からこんなにこわがりだったわけじゃない。小さいころはソルトベリーの浜辺《はまべ》や入《いり》江《え》の探検《たんけん》が大好きだった。岩間の水たまりで遊んだり、海で泳いだり、たくさんのいとこや友達といろんなことをして楽しかった。でも、ちょうど一年前、『カニ爪《つめ》岩』での出来事があってから、ターシャの人生は変わってしまった。もう前のターシャじゃない。ターシャは雪でしめった指で、左まゆの上にある小さな傷《きず》にふれた。

おじいちゃんの農場へ引っこすことになったとき、静かで落ちついたこの谷あいは、自分にぴったりだとターシャは思った。子どもの数がとても少ないので学校はない。でも、気にしなかった。だって、パパとママと、それにおじいちゃんが、家で授業《じゅぎょう》を受けたらいい、協力するよといってくれたから。本や鉛筆《えんぴつ》、スケッチブックはどっさりもっているし、農場では手伝うことがたくさんあっていそがしくなるだろうから。

ファーディナンドをちらっと見ると、雪の結晶《けっしょう》をつかまえようとぐるぐる回っているうちに、自分のひづめにつまずいて転んだところだった。すぐに飛び起きて「メエエー」と鳴くと、また雪とじゃれあいはじめる。ターシャは、うれしくて胸《むね》がいっぱいになった。元々《もともと》は大の動物好きだった。おじいちゃんの農場のヤギやニワトリの世話は楽しい。あちこちで野生の動物を観察できるのもよかった。

ターシャには、おじいちゃんといっしょに谷あいを歩き回った幸せな思い出がある。湖岸にそって歩き、森をぬけ、山にのぼり、シカやキツネに野ウサギを見て、トビが輪をえがいて飛ぶのをながめた。一度、山頂《さんちょう》で、今まで見た中でいちばん美しい動物を見かけたことがある。それはヤマネコの一種、オオヤマネコだった。優美《ゆうび》な長いうしろ脚《あし》、ふさふさの毛におおわれた大きな前脚《まえあし》、きらりと光る目と房毛《ふさげ》のついた耳をもち、黒いぶちのあるあわい灰色《はいいろ》の毛はとてもやわらかそうで、なでてみたくてたまらなかった。

でも、最近のおじいちゃんは体が弱って長時間歩けないし、パパとママはいそがしくしていた。ターシャはひとりで出かけるのがこわくて、もう何週間も農場から外に出ていない。けれども、今、立っているヤギの放牧地からでも見えるものがいろいろあった。明け方に起きてヤギやニワトリのえさやりに行くと、北の方角にある森にすむウサギやオコジョ、リスの姿《すがた》を見かけることがあった。鳥がさえずるのが聞こえたし、頭のすぐ上を飛ぶのを目にすることもあった。

日が高くなったときに谷あいに目をやると、クララが外で弟たちと遊んでいるのが見えることもあった。やっぱり同い年くらいの男の子マイカが、つりをしに湖へ向かうのを見ることもある。そういうとき、ターシャは目をそらす。『カニ爪《つめ》岩』での出来事が、どうしても忘《わす》れられないからだ。クララやマイカから何度さそわれても、ぎこちなく断《ことわ》ってしまうし、両親やおじいちゃんから友達を作るようすすめられても、いつも話題を変えてしまう。ターシャはひとりでいるほうがよかった。ただ……。

ターシャの心の中には、穴《あな》がぽっかりとあいていた。はじめは気がつかないふりをいていたけれど、一年前のあの日にあいた穴《あな》は大きくなり続けていた。そして、おじいちゃんの農場へ引っこしてきてからは、穴《あな》が大きくなりすぎて、痛《いた》みまで感じるようになった。日ごとにその痛《いた》みが強くなってきている。

今年最初の雪が降《ふ》ってきた今、遠くでクララがくるくる回っているのを見ていたら、その痛《いた》みがまたおそってきた。クララはターシャがしたように、降《ふ》りしきる雪に向かって両手を広げている。一瞬《いっしゅん》、クララのとなりに立って、雪の中でいっしょに両手を広げている自分を想像《そうぞう》する。でも、すぐにクララから目をそらした。ファーディナンドは、と見ると、大きな声で鳴いた。ほかの六頭のヤギたちもまねして鳴き声をあげた。

「あっ、ごめん！　ぬれて、冷えちゃったね」

ヤギたちはみんな、うらめしそうにターシャを見つめている。ヤギたちの灰色《はいいろ》がかった白く長い巻き毛《まげ》に、雪のかたまりがいくつもくっついている。

ファーディナンドをだきあげ、小さなフェルトのコートから雪をはらいのけた。ヤギ小屋に向かって歩きはじめると、ほかのヤギたちもついてくる。夕暮《ゆうぐ》れが近づいている。どっちみち夜にそなえて小屋に入れてやる時間だった。

雪はもう三センチほど積もっていて、ブーツの下でザクザクと音を立てる。ふむ雪の音と、そのふみ心地が気持ちいい。歩きながら、おじいちゃんから聞いた冬の話や雪が降《ふ》ったらやりたかったこと、あれこれが思いうかんできた。すると、頭のてっぺんから足のつま先までうれしさでいっぱいになった。

ターシャは立ちどまって、もう一度周りの山々《やまやま》を見上げる。峰《みね》は白いうずに包まれてほとんど見えないけれど、北の方角には、雪雲をつきぬけたひときわ高い山頂《さんちょう》が見えた。けわしい崖《がけ》の下には台地が広がっている。その奥《おく》にはきらめく氷河《ひょうが》が見えた。

なんだか、わくわくしてきた。急に、小さいころに浜辺《はまべ》や入江《いりえ》で遊んだときのように、雪景色の中をかけだして探検《たんけん》して回りたい気分になった。

いやと、ターシャはそんな考えをふりはらった。もう、わたしはあのときとはちがう。冒険《ぼうけん》や探検《たんけん》は危《あぶ》ないし、この農場にいれば安全だ。

向きを変えて歩きはじめると、思いがけない人の姿《すがた》が目に入って、ターシャの目はかがやいた。ファーディナンドをだきしめ、降《ふ》りしきる雪が作るカーテンをくぐりぬけ、その人影《ひとかげ》をめがけて全速力で走った。

2 おじいちゃん

「おじいちゃん！」

ターシャは、ファーディナンドを腕《うで》にだいたまま、おじいちゃんにかけよった。

「ターシェンカ！」

ターシャをかわいがってくれるおじいちゃんは、ターシャをこう呼《よ》ぶ。

おじいちゃんはここ一週間近くも家から出ていなかった。でも今、干《ほ》し草《くさ》をいっぱい積んだ手おし車をヤギ小屋へ運ぼうとしていた。元気を取りもどした証拠《しょうこ》だ。

おじいちゃんは去年ずいぶんやせた。それでも、中綿《なかわた》入りのキルティングコートを着ていると大きく見える。なくなったおばあちゃんが編《あ》んだ青い毛糸のぼうしをかぶり、マフラーを巻《ま》いている。

「外にいるって、ママは知ってるの？　咳《せき》がよくなるまで、あったかい部屋にいなきゃっていってたよ」

「初雪が降《ふ》ったら、ヤギの干《ほ》し草《くさ》を追加してやらねばな。それに、はじめて雪を見たターシェンカの感想を聞きたかったからね」

「雪、きれいだね！」

おじいちゃんといっしょに雪を見られて、ターシャは本当にうれしかった。

「手おし車はわたしがおすよ。ファーディナンドをだっこしててくれる？」

おじいちゃんは腕《うで》にだいたファーディナンドの絹《きぬ》のようにやわらかい小さな耳に、何かをささやきかけた。ファーディナンドはおじいちゃんのほっぺたをなめ、あごひげに鼻をおしつける。

残りの六頭のヤギたちは背《せ》の低いヤギ小屋の中に走っていった。小屋の石の壁《かべ》はコケでおおわれていたけれど、今は雪をかぶっている。おじいちゃんはヤギを小屋の奥《おく》に追い立てて、ターシャが手おし車をおして入れるようにしてくれた。木製《もくせい》の屋根は壁《かべ》から少しうかせてあり、光と新鮮《しんせん》な空気が入ってくる。それでも中はうす暗くて、動物特有のかすかにあまいにおいがした。

今朝、ターシャは囲《かこ》いを全部そうじして、きれいな干《ほ》し草《くさ》を寝床《ねどこ》に追加してやった。どのヤギにも寝床《ねどこ》があって、少しでも暖《あたた》かいように床《ゆか》から高くしてある。

「ファーディナンドは、今夜寒くないかな？」

「干《ほ》し草《くさ》をふやしたし、お母さんのアグネスもいるからだいじょうぶだよ」

ファーディナンドを見て心配するターシャに、おじいちゃんはうけあった。

アグネスはファーディナンドの母ヤギだ。ファーディナンドは、昼間はひとりで探検《たんけん》して回るけれど、夜は母ヤギにくっついてねむる。

「今年の初雪は早いな。それにずいぶんと積もった。ヤギとニワトリにえさをたっぷりやって暖《あたた》かくしてやらないと。キツネにも気をつけないとな。あいつらは雪が降《ふ》るとだいたんになるんだ。去年の冬はニワトリを三羽やられたよ」

「わたしがちゃんと、守ってあげるからね」

ターシャは干《ほ》し草《くさ》をすくってアグネスとファーディナンドの囲《かこ》いに入れてから、バケツの飲み水と飼《か》い葉《ば》桶《おけ》がいっぱいになっているか確認《かくにん》した。

「もうねる時間だぞ、ファーディナンド」

おじいちゃんはファーディナンドを囲《かこ》いにおろしながら笑いかけた。だがその笑い声はぜいぜいという苦しそうな咳《せき》に変わり、全身がふるえ出した。

ターシャはいつもおじいちゃんのために持ち歩いている咳《せき》どめキャンディをポケットから取り出した。谷あいに住むご近所のノナおばさんが、はちみつ、コケ、樺《かば》の木の樹《じゅ》液《えき》で作ったキャンディだ。ノナおばさんがターシャの『おくびょう』を治すために作ってくれた、苦い『元気になるお茶』よりずっとおいしい。

キャンディを口に入れると、おじいちゃんの咳《せき》はおさまって呼吸《こきゅう》が落ちつきはじめた。

ターシャもほっとした。ノナおばさんをときどき苦手に感じるときもあるけれど、この咳《せき》どめキャンディには感謝《かんしゃ》していた。

「だいじょうぶ?」

おじいちゃんはターシャに、うんとうなずいた。立ちあがると、おじいちゃんは小屋の奥《おく》のからっぽの囲《かこ》いを見た。うす暗い光の中で、おじいちゃんのうるんだ目が光っている。去年の春には、この小屋で五十頭のヤギを飼《か》っていた。

「おじいちゃんは、さみしいんだね」

ターシャの言葉に、おじいちゃんはあごをさすって、ため息をついた。

「だが、手放すときを知ることも大切だな。あのとき、ヤギたちの世話に手を焼いてはいたが、おまえたちに助けを求めることは考えていなかった。そうしたら、湖の向こうに住んどるヴァシリーが高い値段《ねだん》をつけてくれたんだよ。ヴァシリーの農場ならまとめて面倒《めんどう》を見てもらえるし、いい牧草もある。それに、もしかしたら、そう、もしかしたら、おまえたちが来てくれたから、春になればまたたくさん飼《か》えるかもしれんしな」

ターシャは農場にヤギの赤ちゃんがたくさんいるところを想像《そうぞう》してほほえむと、しゃがんでファーディナンドの首のやわらかい毛をなでた。

ヤギの赤ちゃんが生まれるのは気候が暖《あたた》かくて食べる草が多い春だ。でもファーディナンドは冬に生まれたから、天からの思いがけない贈《おく》り物《もの》なのだとおじいちゃんはいう。

ファーディナンドは「メエエー」と鳴いて、ターシャのてのひらに温かい鼻をおしつけた。

「おやすみ、ファーディナンド」

ターシャはヤギを一頭ずつなでておやすみをいってから、それぞれの囲《かこ》いの扉《とびら》を閉《し》め、腕《うで》をさしだしておじいちゃんの体を支《ささ》えた。おじいちゃんはターシャの腕《うで》につかまり、頭をさげて小屋の外に出ると、ドアのかんぬきをかけた。雪はもうずいぶんと積もっていて、ふわふわわした雪のほかには、ほとんど何も見えない。

やわらかい雪にターシャのブーツが深くしずみこむ。

「すごい！　ヤギのベッドを準備《じゅんび》してるあいだに、こんなに積もるなんて」

「一時間で十センチは積もったようだな。この谷でもここまでのはめずらしいよ」

「やったあ！　ついに雪を見られた！」

ターシャはまばたきして、まつげにくっついてくるきらきらした雪の結晶《けっしょう》をはらいのけた。寒さで顔がじんじんする。片手《かたて》をあげて目の上にかざし、いちばん近いはずのクララの家を見ようとした。クララがまだ外にいるかどうか気になっていたからだ。でも、もし外にいたとしても、まい散る雪のせいで見えるはずはなかった。

おじいちゃんはターシャの視線《しせん》の先を追った。

「手放すときを知るのと同じくらい大切なことは何か、わかるかい？」

ターシャは、なんだろうと思って首をかしげた。

「手をのばすときを知ることだよ」

ターシャは、はっとして体がこわばり気持ちが暗くなった。胸《むね》が不安でいっぱいになる。『カニ爪《つめ》岩』のあの日以来、ターシャは外の世界から身を引いて、ヤドカリのように殻《から》に閉《と》じこもるようになった。そして、あまりに長いあいだそうしてきたせいで、どうやったら出られるのかわからなくなっていた。

パパとママ、そして今や、おじいちゃんまで心配させていることはわかっている。たまにだれかが家をたずねてくると、おじいちゃんが心配そうな顔をしてターシャを見ている。そんなとき、自分はどう見えているのか。緊張《きんちょう》のせいで、体がこわばって、指がふるえ、まゆをひそめている自分。だれかが近づいてきても、ターシャはだまって動かない。自分の体中にウニのトゲが生えていると思って、だれも近寄《ちかよ》せなかった。認《みと》めたくはなかったけれど、ターシャ自身も不安だった。閉《と》じこもったまま身動きが取れない。

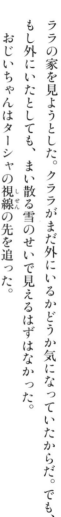

ぬけだすことができない。

おじいちゃんはターシャの肩《かた》に手を置いて、やさしくいった。

「むずかしいのはわかってるさ。じいちゃんだって、おまえのパパとママにあの手紙を書いて、助けてほしいというのに、一年近くかかったからな」

ターシャは夏の終わりに、前の家の郵便受《ゆうびんう》けに届《とど》いた手紙を思い返す。

封筒《ふうとう》に書かれた、きちょうめんだが、丸みのあるおじいちゃんの筆跡《ひっせき》。おじいちゃんから手紙が届《とど》くことはめずらしく、その封筒《ふうとう》は手紙というよりか谷からの贈《おく》り物《もの》というほうがふさわしかった。手紙には小さなおし花が入っていて、「春の最初の花」というひとことがそえられていたことがあった。やわらかいヤギの毛がひと房《ふさ》入っていて、「カイラに赤ちゃんが生まれた。インナという名前をつけた」と書かれていたこともあった。一度など、小さな頭蓋骨《ずがいこつ》と繊細《せんさい》な白い骨《ほね》があわい緑色のコケに包まれて送られてきて、「メンフクロウのはきもどしの中に入っていた、トガリネズミの骨《ほね》」だと書かれていたこともある。

けれど、その夏の終わりに届《とど》いた封筒《ふうとう》に谷からの贈《おく》り物《もの》は入っていなかった。折りたたんだ紙が一枚《まい》だけ入っていて、いつもはきちんとしたおじいちゃんの字が、ところどころ乱《みだ》れていた。

スヴェトラーナ、コンスタンチン、そしてターシャへ

夏の盛《さか》りが過《す》ぎた。日が短くなってきている。森へ薪《まき》を集めに行くのがつらくなった。死んだはずのわしの老いぼれ犬、ヤリクが見えるようになった。昨日は松の林の中、ヤリクのあとを一時間も追いかけてから、もう死んでいたことを思い出した。帰り道、道にさく白い花をつんだが、ヤリクの墓《はか》に着くころにはしおれてしまっていた。

西の山の向こうに日がしずむとき、太陽は燃《も》えるようなオレンジ色になり、山頂《さんちょう》が炭のように真っ黒になる。はるか高いところに家が見えて、わしを呼《よ》ぶ声が聞こえる。だが、谷あいに住む近所の人たちには、その家は見えないらしい。光による目の錯覚《さっかく》か、わしの空想だという。

農場が心配だ。わしは年を取って、ひとりでやっていくのがつらくなった。谷あいに残っている人は少ないうえに自分の農場でいそがしいから、迷惑《めいわく》をかけたくない。おまえたちにも迷惑《めいわく》はかけたくないし、いそがしいのも承知《しょうち》しているが、しばらくのあいだ、みんなでこっちに来てはくれないだろうか？　秋と冬のあいだだけ来て手伝ってくれたらありがたいし、おまえたちさえよければ、もっと長くいてくれてもいいんだよ。

この農場はいつだって、おまえたちの家でもあるのだから。

大切なおまえたちへ。じいちゃんより

この手紙を読んで、ターシャはおじいちゃんが心配になった。それでパパとママに相談し、急いで農場に引っこそうともちかけた。必要なんだったらずっと農場に住むことにしたっていいと、三人は話し合った。そうすれば、おじいちゃんはすぐによくなるはずだと心の中で思い、ターシャの心配はたちまち消えてなくなった。

ママはおじいちゃんのひとり娘《むすめ》だ。ターシャとパパとママがおじいちゃんの唯一《ゆいいつ》の家族だ。おじいちゃんの家に遊びに行くと、いつもすごく楽しい時間を過《す》ごしていたし、みんながおたがいを心から大切に思っている。だから、いっしょに暮《く》らすのは正しいことだと思った。

パパとママが計画を立てはじめると、ターシャはわくわくしてきた。あの恐怖《きょうふ》の一日を思い出させるソルトベリーのうねる波からはなれて、新生活をはじめるのだ。

もちろん、失いたくないものもあるのはわかっていた。居心地《いごこち》のいい家、その周りにさく忘《わす》れな草《ぐさ》。ママが連れていってくれた、いつも風がヒューッとうずを巻《ま》いている秘《ひ》密《みつ》の洞穴《ほらあな》。パパと行った、過去《かこ》にタイムスリップした気分になる古い採石場《さいせきじょう》での化石探《さが》し。それから、ソルトベリーの名前の由来になった、潮風《しおかぜ》でしょっぱくなったブラックベリー。パパとママがかいた絵を売っている『ブルー・シェル画廊《がろう》』へと三人で歩いていく途中《とちゅう》、海ぞいの道でよくブラックベリーをつんだ。

ターシャのパパとママは画家だ。ふたりは農家の仕事のあいまに絵をかいて画廊《がろう》に送ることにした。それか、農場でずっと暮《く》らすなら、夏にソルトベリーに絵をもっていって、ついでにパパのほうの親類をたずねるのもいい、と話していた。

『カニ爪《つめ》岩』での出来事があってからというもの、ターシャはいとこたちやおじさん、おばさんたちに前ほど親近感をもてなくなったけれど、会えなくなればなつかしくなるだろう。特に、カーチャおばさんは。ターシャのお気に入りの古本屋さんで働いていて、おもしろい野生生物の本をいつもこっそりとカウンターの下に取っておいてくれる。それにゲナディおじさんも。ターシャやいとこたちに、よだれが出そうなほどおいしいソルトベリーアイスクリームを作ってくれた。みんなで笑ったり口げんかしたりする声は、ずっとターシャの生活の一部だった。

でも、あのとき起きたことを思い返すと、ソルトベリーの幸せな思い出はどれも暗い影《かげ》におおわれてしまう。だから、ターシャは何年もかけて集めた貝がらのコレクションを浜辺《はまべ》に置いてきた。磯《いそ》だまりや波の絵をかいた古いスケッチブックも置いてきた。ターシャがもっていた本もほとんどを置いてきた。本は海洋野生生物の本だったから。でも、カーチャおばさんからのお別れのプレゼントは引っこしの荷物に入れた。『冬の動物』と『北国の野生動物』というタイトルの本だったから。

いとこたちからもらった新しいスケッチブックと鉛筆《えんぴつ》も入れた。おじいちゃんの農場での新生活をかいて送ると約束した。

「もっと早くに手紙を書けばよかった。おまえたちとここで暮《く》らせるなんて、本当にうれしいよ。それに、そのときが来たら、おまえたちが農場を引きついで家畜《かちく》の世話をしてくれるだろうからね」

おじいちゃんの言葉に、ターシャは考えごとから引きもどされた。

ターシャは急に寒さを感じ、めまいがした。まるで雪のかたまりが頭の上にドサッと落ちてきたみたいだ。おじいちゃんが年を取って具合が悪いのはわかっているけれど、い、い、い、いつか、そのときが来たら、なんて考えちゃいけない。

「農場を引きついだりしないよ。わたしたちは手伝いに来ただけで、おじいちゃんが元気になったら、みんなでいっしょにやっていけばいいんだ」

おじいちゃんはターシャをぎゅっとだきしめてから、ウインクした。

「そうだな、ターシェンカ。先がどうなったとしても、おまえにここで友達がひとりかふたりでもできたら、もっとうれしいよ。それに、おまえもそのほうがうれしいはずだ。ヤギやニワトリもいい仲間だろうが、人間の友達とはくらべようもないからな」

ターシャは話題を変えたくて、足元の雪を見おろした。ブーツのつま先で雪をそっとつつくと、白くかがやく小さな山ができる。ふとある考えを思いつき、ターシャの目がかがやいた。

「おじいちゃん、雪娘《ゆきむすめ》を作ろうよ！　いつも聞かせてくれるお話みたいに。ずっと作ってみたかったんだ」

おじいちゃんは辺りを見回し、積もったばかりの雪が毛布《もうふ》のように辺り一面をおおっているのを見てにっこりとした。

「いいね、作ろうか。おまえのはじめての雪だるまをいっしょに作れるなんて、運がいいよ」

「雪だるまじゃなくて、雪娘《ゆきむすめ》だよ、おじいちゃん。あのお話みたいな。家のそばに作ろうよ。そうすれば、家の中にいても窓《まど》から見えるもの」

ターシャはおじいちゃんにぴったりと寄《よ》りそって歩いていった。

羽根のように軽い雪の結晶《けっしょう》が、ターシャの顔の周りでうずを巻《ま》き、まつげにくっつく。辺り一帯がまぶしくかがやいていて、なんでもできる気がした。

3

雪《ゆき》娘《むすめ》

ターシャとおじいちゃんは、家の真正面を、雪娘《ゆきむすめ》が立つ場所と決めた。そこからなら、みんなが居間《いま》の窓《まど》から見られるし、ターシャの部屋の窓《まど》からも見える。

ターシャはしゃがむと、手で雪をすくった。雪はサラサラだったけれど、力をこめてにぎってしっかりと固める。にぎるたびに、ぎゅっぎゅっと音を立てるのが気持ちいい。雪玉を大きく作り、おじいちゃんが手伝って、地面の雪の上に大きな円をえがくように転がしていった。転がすうちに雪玉はずんずんと大きくなり、すぐにターシャの腰《こし》くらいの高さになった。

ターシャは、おじいちゃんのようすをうかがった。まゆとあごひげいっぱいに雪がくっついていたけれど、おじいちゃんは楽しそうだ。体を動かしているせいか、寒くはなさそうに見える。

ふたりでもう少し小さい雪玉を作ると、さっきの雪玉の上にのせた。最後に、ターシヤは頭にするための雪玉を丸めて、いちばんてっぺんにバランスを取りながら置いた。

「棒《ぼう》を探《さが》して、手にしようか？　鼻は、ニンジンかカブにするか？」

おじいちゃんから聞かれたターシャは、雪娘《ゆきむすめ》の顔にするはずの丸い雪玉をのぞきこみ、ううんと首をふった。

「できるだけ本物の女の子みたいにしたいの。雪で作れない？」

おじいちゃんは、そうか、とうなずいた。

ターシャのイメージでは、はためく長いスカートをはき、体にぴったりとした上着を着ている雪娘《ゆきむすめ》にしたかった。腕《うで》も雪で作って、体にそってすえつけると、優雅《ゆうが》な長い指をほっていった。

おじいちゃんはポケットをたたいた。いつだって、役に立つものもそうでないものもいっぱいつまっているポケットだ。そこから平べったい棒《ぼう》を、二本取り出した。

「こいつは機織《はたお》りのときに使うシャトルだが、細かいところをほるのに使えるかもしれん。これでスカートの模様《もよう》をほってみようか？」

「うん、お願い。わたしは顔をほるね」

ターシャはシャトルを一本受け取ると、雪娘《ゆきむすめ》の顔を作りはじめた。ミトンをぬぎ、シャトルだけでなくときどき指も使ったので、雪で指先がじんじんと痛《いた》くなった。

ゆっくりとしんちょうに、首、あご、ほお、額《ひたい》をけずってなめらかにしていく。それから、ウェーブした長い髪《かみ》が肩《かた》から背中《せなか》へと流れ落ちるようにした。ターシャがもう一度少女の正面に回りこむと、おじいちゃんが見事な細工をほどこしたのに気がついた。スカートには雪の結晶《けっしょう》の複雑《ふくざつ》な模様《もよう》がちりばめられ、上着には丸い雪のボタンと、ふんわりとしたえりとそでがついている。ターシャはおじいちゃんの雪まみれのあごひげから、こごえて赤くなった指へと目をやった。

「なんてきれいなの。おじいちゃん、ありがとう。でも、おじいちゃんは中に入ってあったまったほうがいいかも。この子の顔をほり終わったら、わたしも行くから」

「そうしようか。指がかじかんでしまったよ。だが、指の感覚がもどったら、ミトンをつけてもどってこよう。この雪娘《ゆきむすめ》の完成を見るのが待ち切れんよ」

おじいちゃんはぎこちない手つきで自分のシャトルをポケットにおしこみ、ターシャに笑顔を見せたあと、家にもどっていった。

ターシャはおじいちゃんが家に入るのを見届《みとど》けてから、雪娘《ゆきむすめ》に向きなおった。シャトルを持ちなおしたターシャの口の端《はし》があがった。雪娘《ゆきむすめ》が話せるとしたら何を話すのだろうと想像《そうぞう》する。口をつぐんだまま、心の中で雪娘《ゆきむすめ》に話しかける。

わたし、この谷に友達がひとりもいないんだ。そのせいでおじいちゃんや両親が心配している。でも、どうしようもないの。知らない人に話しかけるって考えただけで心臓《しんぞう》がどきどきするのに、友達を作るなんて無理だよ……。『カニ爪《つめ》岩』の出来事があってから、どんな小さなことに対しても不安になってしまうの。

雪娘《ゆきむすめ》の顔をほりながら、ターシャは雪娘《ゆきむすめ》に打ち明けた。

ターシャが雪娘《ゆきむすめ》の目をほりはじめると、まっすぐこちらを見つめてくるようだった。思いやりに満ちたまなざしに、胸《むね》が苦しくなる。

何もかもがこわい……。

やっと自分の本当の気持ちに気がついた。ずっとこんなのはいやだ。この谷で友達がほしい。ターシャは、胸《むね》の中でふくらみ続けていた穴《あな》に、はじめて名前をつけた。『ひとりぼっち』。心の奥底《おくそこ》でうずいているこの孤独感《こどくかん》に、たえられなくなっている。自分だけでは、この『ひとりぼっち』を追いやることができない。自分の中の何かがこわれてしまい、もう二度と元にもどらないのかも。ターシャはとても不安だった。

すると雪娘《ゆきむすめ》から返事が返ってきた気がした。雪娘《ゆきむすめ》はやさしくて思いやりがあった。

（ターシャには時間が必要なだけだよ、また人を信じられるようになるから。わたしが力になってあげられるかもしれない。ふたりで農場を探検《たんけん》しよう。ターシャの心の準備《じゅんび》ができたら、森や山も探検《たんけん》して、野生の動物を観察して楽しく過《す》ごそうよ）

ただの空想にすぎないのに、雪娘《ゆきむすめ》の温かい気持ちが伝わってきた。クララやマイカに感じる不安や緊張《きんちょう》はない。安心していられる。雪娘《ゆきむすめ》の目を仕上げてから、まつげとまゆをほる。雪娘《ゆきむすめ》とはおたがいの心の中をのぞきあっている気がする。雪娘《ゆきむすめ》が自分を見守り、話を聞いてくれている気もする。どうやらさびしさがまぎれてきたみたいだ。

そのとき、家のドアが開き、ターシャはびっくりして飛びあがった。雪娘《ゆきむすめ》に夢中《むちゅう》になるあまり、おじいちゃんのこともほかのことも忘《わす》れてしまっていた。雪雲がうすくなり、日も暮《く》れ、山頂《さんちょう》の上に星がちらほら見えはじめたことに、やっと気がついた。

おじいちゃんがこちらへやってくる。髪《かみ》やひげについた雪はなくなり、指は中綿《なかわた》入りのミトンの中だ。

「完ぺきだな」

おじいちゃんが近づきながら、小さな声でいった。

ターシャは一歩さがって雪娘《ゆきむすめ》に見とれた。

「完ぺきだね」

ターシャも賛成《さんせい》した。雪娘《ゆきむすめ》の目がきらめいて、今にもウインクしてきそうな気がした。

「おじいちゃん、手伝ってくれてありがとう」

「おまえが、全部作ったようなもんだ。じいちゃんも少しは役に立ててうれしいがね」

おじいちゃんがターシャに腕《うで》を回すと、ぜいぜいと苦しそうな息をしているのがわかった。

「ねえ、中に入ろう」

ターシャは家のほうに顔を向けた。雪はさっきより弱まったけれど、夜の空気がどんどん冷たくなってきている。

「その前に願いごとをしなきゃな。昔話に出てくる年寄《としよ》り夫婦《ふうふ》みたいに」

「じゃあ今夜、あのお話をまた聞かせてくれる?」

おじいちゃんは、いいよとうなずいた。

「願いをかけてごらん。どんなことでもいいんだよ! 初雪には、強い魔法《まほう》の力が宿っているからな」

ターシャは雪娘《ゆきむすめ》に近づいた。雪娘《ゆきむすめ》の目を見つめながら、何をお願いしようか考える。雪娘《ゆきむすめ》の顔はかがやいている。生きているようにも見えるし、魔法《まほう》の世界の妖精《ようせい》や精霊《せいれい》にも見える。ターシャは自分の願いをすぐに思いついた。そして、心の底からお願いした。

雪娘《ゆきむすめ》が本物の女の子になりますように。友達に、そう、信じられる本当の友達になってくれて、わたしがもう、『ひとりぼっち』じゃなくなりますように。

おじいちゃんが前に進み出て、青い毛糸のマフラーを雪娘《ゆきむすめ》の首にかけた。

「おじいちゃん、マフラーをあげちゃだめだよ。それを巻《ま》いて、あったかくしてなきゃ」

おばあちゃんがそのマフラーを編《あ》んでいた姿《すがた》を思いうかべる。おじいちゃんにとって、とても大切な青いマフラーだ。

「夜のあいだ、この子が寒くないようにしてやりたいのさ」

おじいちゃんがくっくっと笑うと、それが咳《せき》に変わった。そのとたん、ターシャはさっきの願いごとを後悔《こうかい》した。おじいちゃんの咳《せき》が治りますようにと、お願いすればよかったんだ。ターシャはおじいちゃんに咳《せき》どめキャンディをもうひとつわたしてから、家のほうへやさしく引っぱっていった。

初雪への願いごとだなんて、かなうわけないよね。

ターシャは心の中で自分をなぐさめた。

家の玄関《げんかん》まで来たとき、ターシャはふり返って雪娘《ゆきむすめ》をもう一度見た。雪娘《ゆきむすめ》は、体の中から光をはなっているかのようにかがやき、目がきらきらとして、今にもにっこりとほほえみかけてきそうだった。ターシャは、願いがかなったらどんなにすてきだろうと、思わずにはいられなかった。

4 ストーブを囲《かこ》んで

ターシャとおじいちゃんは足ぶみをしてブーツの雪を落としてから、家の中に入った。とたんに暖《あたた》かい空気に包まれる。パパが来て、おじいちゃんがコートをぬぐのを手伝った。とけかけた雪がパパのカールした黒い髪《かみ》で光っているから、パパもついさっきまで外にいたにちがいない。ターシャはわくわくしながら、パパにたずねた。

「雪娘《ゆきむすめ》を見た？　おじいちゃんといっしょに作ったんだよ」

「もちろん！　ぼくらは裏口《うらぐち》から帰ってきたんだけど、窓《まど》から見たよ。すばらしいな」

「きれいね！　でも、こんなに長く外にいるのはちょっとね」

ママがストーブのそばから声をかける。ストーブに薪《まき》をくべると、ママの金髪《きんぱつ》が光を反射《はんしゃ》してきらきらかがやく。ママはおじいちゃんのほうを向いて、心配そうにまゆをひそめる。ターシャは雪娘《ゆきむすめ》作りにおじいちゃんを巻《ま》きこんだことに、かすかなうしろめたさを感じた。ひとりで作ればよかったのかもしれない。

「咳《せき》がまだ……」

「楽しかったよ！」

ママのいおうとした言葉をさえぎって、おじいちゃんはストーブのそばのひじかけいすにどすんと腰《こし》をおろした。

「雪を見るのがはじめてのターシェンカといっしょに遊ぶのは最高だったよ。若返《わかがえ》った気分だ。スヴェータ、昔ふたりで雪の動物を作ったのを覚えてるかい？」

ママの名前はスヴェトラーナだけど、おじいちゃんは愛情《あいじょう》をこめてスヴェータと呼《よ》ぶ。ママの表情《ひょうじょう》がやわらいだ。

「もちろん。雪のニワトリに、雪の犬も。ふたりで雪のヤギを百頭以上も作った年もあったわね」

「ははっ、本物のヤギがすっかり混乱《こんらん》していたっけな！」

「でも雪娘《ゆきむすめ》を作ったことはなかったわ。ターシャ、あの雪娘《ゆきむすめ》は本当にきれいね」

ターシャはうしろめたさを忘《わす》れて、ちょっぴり得意《とくい》になった。おじいちゃんの近くの大きなスツールにすわる。ストーブのそばで暖《あたた》かいし、窓《まど》から外を見ることもできる。今はほとんど真っ暗だけれど、雪が降《ふ》っているのも、すぐそこにいる雪娘《ゆきむすめ》も見える。

「おじいちゃん、雪はいつまで残るの？」

「一か月くらいだろう。雪のすきまからスノードロップの花が芽を出して、森でヤマネコが鳴けば、春が近いとわかる」

「一か月だって？」

パパはおじいちゃんの向かいのソファに腰《こし》かけると、うめき声ともため息ともつかない声を出した。

「雪はきれいだ。雪景色を早く絵にかいてみたいよ。でも農場には直すところが多すぎるからね、修理《しゅうり》が終わってから降《ふ》ってほしかったな」

「わたしも手伝う」

ターシャはそういっても、パパの返事はわかっていた。修理《しゅうり》を手伝うとターシャがいうたびに、パパとママは「ここはだいじょうぶだから、遊んでおいで」と答える。

「それはありがたいな。でもね、ターシャは前から雪を楽しみにしていただろう？　おまえが外で雪遊びするところを見るほうがいいよ。今日、納屋《なや》で古いスキー板を見つけたんだ。手作りみたいで、板に雪の結晶《けっしょう》の模様《もよう》がほってあった」

「あれは、おまえのママのためにじいちゃんが作ったんだ。ママがおまえくらいの年のころは、冬場どこへ行くにもスキーをはいてたもんだ。歩くよりずっと速いからな」

おじいちゃんの話にうなずきながら、ママがオーブンから焼きたてのロールパンがのった天板を取り出すと、温かくてほっとするにおいが辺りに広がった。

「スキーはかんたんよ、ターシャ。きっとすごく楽しいわ」

「明日、クララのところにスキーで行くのはどうだい？　前にクララが馬のジノヴィーに乗ってうちへ寄《よ》ったとき、いつでも遊びにおいでよと、わしにいってたぞ」

「いいかもね」

ターシャはおずおずと答えた。雪原をスキーですべっていくのは楽しそうだけれど、農場を出てクララと話すなんて不安でしかない。ターシャはこの話題を終わらせようと立ちあがり、ママがスープとパンをテーブルにならべるのを手伝った。

食事のあいだ、だれもしゃべらなかった。ターシャにとって沈黙《ちんもく》はかえって心地よい。聞こえるのはスープをすする音、火がパチパチとはぜる音、雪が窓《まど》ガラスにあたるかすかな音だけ。

みんなが食べ終わると、ターシャはお皿をさげ、そのあいだにパパはストーブでミルクを温めた。夕食のあとは、おじいちゃんはいつもパイプを手に取る。もう何年もすっていないのに、このパイプをもつのが習慣《しゅうかん》になっていて、昔話をしながらふり回す。

「雪娘《ゆきむすめ》のお話をしてくれる？」

ターシャはおじいちゃんのそばのスツールにもう一度すわった。温かいミルクの入ったマグカップを両手でそっと包みこむ。

「また聞きたいのかな？」

おじいちゃんはほほえんだ。

「もちろんだよ！　大好きなお話だもん」

「父さんの雪娘《ゆきむすめ》の話、わたしも子どものときから、すごく好きよ」

ママはソファに深くすわり、そのとなりにパパがすわり、ママはパパの肩《かた》に頭をのせる。おじいちゃんは考えこむようすで、ストーブの炎《ほのお》を見つめる。頭の中で、お話の細かいところを確認《かくにん》しているんだろう。おじいちゃんが語りはじめると、ストーブのパチパチはぜる火の音も耳に入らなくなる。聞こえるのは、おじいちゃんのよくひびく低い声だけ。


「昔、大きな森のはずれにある小さな村の小さな家に、おじいさんとおばあさんが住んでいた。美しい村だった。白樺《しらかば》の木が両わきにならぶ草ぼうぼうの小道があちこちにあってな、ニワトリがえさをつついていたり、子どもたちの遊び場だったりしたんだ。村人たちはみんな親切で仲がよく、困《こま》ったときにはいつも助け合っておった。

おじいさんとおばあさんは自分たちの暮《く》らしに満足しておったが、自分たちには何かが欠けているとも感じていたんだ。胸《むね》が痛《いた》くなるくらい、ほしくてたまらないものがあったんだとさ」

ターシャは、胸《むね》が痛《いた》くなるほどの自分のさびしさを思い出し、のど元にせりあがってきたかたまりを飲みこんだ。

「老夫婦《ろうふうふ》は長いあいだ、子どもがほしいと願っていてな。子どもといっしょに、この美しい世界を楽しみ、喜《よろこ》びと愛を分かちあいたいと思っていたんだ」

おじいちゃんは、火のついていないパイプをちょっとくわえてから続けた。

「ある冬の日、村に初雪がしんしんと降《ふ》り積もった。暖《あたた》かい服を着せられた村の子どもたちが雪の中で遊んでいてな。老夫婦《ろうふうふ》はそのようすをじっと見ておった。子どもたちは走り、笑い、雪玉を投げあっておった。雪だるまや雪の魔女《まじょ》を作ったり、小さな雪の家を作って中にもぐりこんだり。地面に雪の天使を作り、手作りのそりに乗って引っぱりっこもしていたそうな。

老夫婦《ろうふうふ》の胸《むね》の痛《いた》みは、これまでにないほど強くなった。

『おじいさん、小さな雪娘《ゆきむすめ》を作りましょう。命がふきこまれて、わたしたちの娘《むすめ》になってくれるかもしれませんよ』と、おばあさんが突然《とつぜん》いい出してな。

おじいさんは、ほほえみながらうなずいた。

『この世は奇跡《きせき》に満ちているから、何が起きても不思議はないな。小さな雪娘《ゆきむすめ》を作ってみようじゃないか』

そこでおじいさんとおばあさんは、もっている中でいちばん暖《あたた》かい服を着て、外に出た。願いをこめながら、やわらかい雪で雪娘《ゆきむすめ》を作ったんだ。雪の結晶《けっしょう》が千個《こ》も集まったよりも、さらに美しい娘《むすめ》だ。完成したときには、日はしずみかけ、雪娘《ゆきむすめ》の目はうす明かりの中できらきらとかがやいていた。

『ああ、この子が本物の女の子になってくれたらいいのに』

おばあさんはため息をついてな。おじいさんはというと、自分のマフラーを雪娘《ゆきむすめ》の首にかけてやったんだ。

『本当に、そうだな』

おじいさんは、そうつぶやき、おばあさんをだきしめたんじゃ。

その瞬間《しゅんかん》、雪娘《ゆきむすめ》はパチリとまばたきした。目が青い氷のようにかがやき、うれしそうな顔になった。声をあげて笑い、雪の中でおどりはじめてな。髪《かみ》とマフラーをなびかせ、軽い足取りで、ほとんど足跡《あしあと》を残さん。

雪娘《ゆきむすめ》は雪をふりまいてくるくる回り、いにしえの言葉で歌を歌った。その歌声は、雪が降《ふ》るときのかすかな音、つららが鳴らす鈴《すず》のような音、夜のあいだにおりた霜《しも》のバリバリという音にも似《に》ておった。老夫婦《ろうふうふ》には雪娘《ゆきむすめ》の言葉はわからなかったけれど、その意味を心で感じ取れた。雪娘《ゆきむすめ》は、生きていることの喜《よろこ》びを歌っていたんだ。老夫婦《ろうふうふ》の胸《むね》は愛でいっぱいになった。

雪娘《ゆきむすめ》がおどり続けるうちに、夜空には月がのぼり、星がまたたきはじめた。見守る老《ろう》夫婦《ふうふ》の顔はほほえんで明るかったけれど、体はつかれて寒かった。ふたりは雪娘《ゆきむすめ》に、家に入るようすすめたが、雪娘《ゆきむすめ》は雪の中で遊びたがるばかりでな。そのうち、寒さでこごえてしまった老夫婦《ろうふうふ》は、家に入り、交代でねむりながら窓《まど》ごしに少女を見守った。

日がのぼると、雪娘《ゆきむすめ》はおどりながら老夫婦《ろうふうふ》の家をはなれ、森の陰《かげ》へと入っていった。村の子どもたちが喜《よろこ》び、友達になろうとして娘《むすめ》のあとについていきおった。子どもたちはみんなで走り、笑い、雪玉を投げあってな。みんなで雪のクマや雪のオオカミを作ったり、小さな雪の家も建てたりしたんだ。それから、子どもたちはリスやウサギが遊ぶのをながめ、フクロウが雪の下にいるネズミをつかまえるのも見た。

木々《きぎ》の向こうに日がしずむと、村の子どもたちは寒くなって、ひとり、またひとりと家へ帰っていった。雪娘《ゆきむすめ》も子どもたちについていったが、家には入らなかった。その夜も雪娘《ゆきむすめ》はひとりでおどり続け、老夫婦《ろうふうふ》は窓《まど》からその姿《すがた》を見守ったんだと。

こうして冬が過《す》ぎていった。雪娘《ゆきむすめ》は、昼間は森で遊び、夜になると村に帰ってきておどった。老夫婦《ろうふうふ》は家の外に出て、月明かりの下でくるくる回り、きらきらかがやく娘《むすめ》をながめることもあった。けれどもすぐに寒さでふるえ、こおりつきそうな空気に追われるように家の中へともどらねばならなかった。家の窓《まど》から、ふたりはせつない気持ちで娘《むすめ》を見守った。雪娘《ゆきむすめ》はちがう世界から来た存在《そんざい》だと、わかっていたからな。

冬も終わりに近づいたある日、雪娘《ゆきむすめ》と村の子どもたちは森の奥《おく》で遊んでいた。日がしずみはじめ、子どもたちは寒くなって、ひとり、またひとりと家へ帰っていった。けれどもこの日、雪娘《ゆきむすめ》は気づかなかった。木々《きぎ》のあいだを走り回り、笑い、おどっていて、だれもいなくなってから道にまよったことにようやく気がついたんだ」

そこまで聞いて、ターシャは『カニ爪岩《つめいわ》』でだれもいないことに気がついた瞬間《しゅんかん》を思い出した。ターシャの顔がゆがむ。

「雪娘《ゆきむすめ》は、いにしえの言葉で何度も友達に呼《よ》びかけたんだが、返事はない。白樺《しらかば》の木にのぼったが、高いところから見わたしても、友達の姿《すがた》は見あたらない」

ターシャはさらに顔をしかめた。早く次へ進んでほしい。おじいちゃんが続きを話しはじめると、ほっと息をついた。

「木の根元に、一頭のクマがのっしのっしとやってきた。娘《むすめ》の話すいにしえの言葉を聞いて、道にまよったのだとわかったんだ。クマのおなかが、雷《かみなり》のようにゴロゴロ鳴る。

クマが親切ぶって、言葉をかけてきた。

『家へ連れていってやろう』

雪娘《ゆきむすめ》は、クマといっしょに行くのは危険《きけん》だと、ピンときた。だから首をふった。クマは広い肩《かた》をすくめて、ゆっくりと歩いて去っていった。

次に、白樺《しらかば》の木の近くを、一頭のオオカミがうろつきはじめた。オオカミも、娘《むすめ》の話す言葉を聞いて、道にまよったのだとわかったんだ。とがった長い歯をなめながらオオカミが親切ぶって、言葉をかけてきた。

『家へ連れていってやろう』

今度も、雪娘《ゆきむすめ》は危険《きけん》だと、ピンときた。オオカミはすわりこみ、長いあいだ待っていたが、そのうち退屈《たいくつ》して立ちあがり、仲間たちのほうへかけていってしまった。

最後に、一匹《ぴき》のキツネがすたすたと近づいてきてな。白樺《しらかば》の木の根元にすわり、雪《ゆき》娘《むすめ》を見上げると、ものめずらしそうに首をかしげたんじゃ。

『家への帰り道を教えてほしい?』と、キツネが聞いてきてな。

雪娘《ゆきむすめ》はキツネの金色の目を見て、キツネについていけば安全だとわかった。そこで白《しら》樺《かば》の木からおり、木にお礼をいってから、村への安全な道をキツネについて帰ることができた。

おじいさんとおばあさんは、窓《まど》の外を見ながら娘《むすめ》の帰りを心配しながら待っておった。娘《むすめ》の姿《すがた》が見えたとき、笑顔で外へかけだしたんだが、そばにキツネがいるのを見て、ふたりの笑顔は消えた。老夫婦《ろうふうふ》の家のニワトリを見て、キツネはくちびるをなめていたからな。ふたりは飛び出し、キツネに向かって大声をあげて追いはらったんだ。

雪娘《ゆきむすめ》は、キツネがおびえてとびあがり、森へ逃《に》げていくのを見ていてな。老夫婦《ろうふうふ》に向きなおり、青い氷のような目でしばらくふたりを見つめてから、ため息をついた。娘《むすめ》は、いにしえの言葉で歌を歌いはじめた。言葉の意味はわからないけれど、別れの歌だと、ふたりは感じ取った。悲しみで胸《むね》が重くなってな。

『行かないでちょうだい！』と、おばあさんはうったえた。

『行かないでおくれ！』と、おじいさんがすすり泣いた。

けれど、雪娘《ゆきむすめ》は歌いながら回り続けた。どんどん、どんどん速く回った。雪が娘《むすめ》の周りでうずを巻《ま》き、娘《むすめ》の体からも雪がまい散った。はじめは少し、次はもっと、やがてずっとたくさんの雪の結晶《けっしょう》となって、月明かりの中でおどり、きらめいていた。だが、そのとき風がふいて、雪の結晶《けっしょう》は飛んでいってしまってな。そして、小さな雪娘《ゆきむすめ》は消えていなくなったんだよ」

おじいちゃんの話が終わったあと、ターシャはしばらくだまったままだった。今夜のターシャはちがう結末を期待していた。雪娘《ゆきむすめ》が風でふき飛ばされない結末だ。

「おじいさんとおばあさんがキツネを追いはらったりしなかったら、雪娘《ゆきむすめ》は消えなかったのかな？　キツネはおなかがすいていたから、ニワトリを見ていただけでしょ。えさをあげればよかったんじゃない？」

「そうかもしれんな。だが、だからといって何かが変わるかな？　雪娘《ゆきむすめ》はちがう世界から来たんだ。体は人の手で作ったかもしれんが、自由を求める心をもっていたんだろう」

「雪娘《ゆきむすめ》は、子どもたちと同じかもしれないわね。心の中では自由を求めているのよ」

ソファにすわっているママも同じことをいった。

おじいちゃんは考えこみながら、うなずく。

「子どもだけとはかぎらんぞ。だれもが自分をしばりつけている今の生き方が苦しくてたまらん。自由になりたいからなあ」

おじいちゃんはターシャをちらっと見た。『カニ爪《つめ》岩』での出来事を思い出していたターシャはまゆをひそめた。あのとき以来、自分の生き方は変わってしまった。

「ママは、このお話とはちがう結末も知ってるわ」

「どんなの？」

ターシャは、幸せな結末のお話もあるのかと期待した。

「雪娘《ゆきむすめ》が森で子どもたちと遊んでいるときに、たき火を飛びこえようとしたら、雲になって流れていってしまった、っていうの」

ターシャはしかめっ面になったが、ママはさらに続けた。

「雪娘《ゆきむすめ》が恋《こい》に落ちて、恋《こい》の熱で娘《むすめ》はとけてしまった、っていうのも聞いたことあるわ」

「あんまり幸せじゃない結末ばっかりだね」

ターシャががっかりすると、おじいちゃんはターシャの肩《かた》に手を置いた。

「おまえのおばあちゃんは、こんなふうにいってたもんさ。どの終わり方でも、雪娘《ゆきむすめ》は風に乗って北へと運ばれていく。氷河《ひょうが》が流れ、どこまでも雪が積もっている世界だ。そこで雪娘《ゆきむすめ》は友達のキツネと一年中おどっている。おかげでキツネの毛は寒さで白くなり、ホッキョクギツネになったんだってね」

ターシャはため息をついた。

雪娘《ゆきむすめ》にとってはそれが幸せな結末なんだろうと思うけれど、ターシャの心の中では老《ろう》夫婦《ふうふ》のことが引っかかる。どこかに、おじいさんとおばあさんにとって幸せな終わり方のお話はないのかな、と思ってしまう。ふたりの胸《むね》が痛《いた》まなくてすむような。

5 願い

ママが立ちあがった。

「父さん、もうねましょう。ベッドまでいっしょに行くわ」

ターシャは待って、といおうとした。まだ、このお話をあきらめきれない。でもおじいちゃんの顔を見ると、とてもつかれているのがわかって、かわりにこういった。

「今夜も、ベッドで本を読んでほしい?」

「ああ、たのむよ。パジャマに着がえるから、少し待ってくれるかい?」

おじいちゃんはママに手を貸《か》してもらって、立ちあがった。

ターシャは待っているあいだ、パパが食器を洗《あら》うのを手伝った。そして、パパにおやすみのハグをした。パパからは薪《まき》の煙《けむり》のにおいがした。夜中に火が消えないよう、ストーブに薪《まき》をくべたからだろう。

「明日、スキーでクララのところへ行くなら、ヤギとニワトリの世話はパパがするよ」

「ありがとう。でも、そんな遠くに行く前に、スキーの練習をしなきゃ」

小声でいうパパに答えながら、いいわけが見つかったことにほっとする。

「もちろん、心の準備《じゅんび》ができてからでいいとも。ターシャが友達になったら、クララはきっと喜《よろこ》ぶぞ。おまえたちがいっしょに遊ぶところを見られたら、パパはうれしいな。おまえが心配だよ。このところ、ずっとひとりで過《す》ごしてるじゃないか」

「ヤギたちといっしょのときは、ひとりじゃないよ」

ターシャはにっこりとする。

パパはもう一度ターシャをだきしめた。

「そうか。でも、パパがいつだって、かわりに世話をするからね」

うん、とうなずいたターシャは、まばたきして涙《なみだ》をぐっとこらえた。

「ありがとう、パパ。じゃあ、おやすみなさい」

パパはほほえんで、ターシャの頭にキスをした。

ターシャはろうかを通っておじいちゃんの寝室《しんしつ》へと向かった。その部屋は、元はダイニングルームで、まだ大きな木製《もくせい》の食卓《しょくたく》が置いてある。おじいちゃんが階段《かいだん》をのぼるのがつらそうなので、ベッドをこの部屋にうつしておじいちゃんの寝室《しんしつ》にしたのだ。

おじいちゃんは、ベッドに横になると咳《せき》がひどくなるからと、いくつか重ねたまくらに寄《よ》りかかってねる。ママはおじいちゃんの横のいすにすわっていたけれど、ターシャが入ってくるとおじいちゃんにおやすみのキスをした。

「ふたりとも、夜ふかししちゃだめよ」

ママはウインクして、ターシャをぎゅっとだきしめた。

ターシャはベッドの横のいすにすわると、この農場に来てから毎晩《まいばん》読んであげている本を手に取る。おじいちゃんのお気に入りの一冊《さつ》で、『湖と森』という本だ。昔からある自然観察日誌《にっし》で、細かいところまでかきこまれた挿絵《さしえ》が、たくさん入っている。一ページも読み終わらないうちに、おじいちゃんはいびきをかきはじめた。

ターシャは読むのをやめ、おじいちゃんの暖《あたた》かそうな毛布《もうふ》を胸《むね》まで引きあげ、息がしやすいよう頭の位置をそっと直す。しばらく、おじいちゃんの深いしわや、白い髪《かみ》とひげを見つめる。

ターシャが覚えているかぎり、おじいちゃんはいつも年老いていた。けれど不思議なのは、山のようにどっしりとして見えるときもあれば、まるで雲のようにふわふわとただよって見えるときもあることだ。ターシャとパパとママが農場を引きつぐときが来るという、おじいちゃんの言葉を思い出し、胸《むね》が痛《いた》くなった。ターシャは雪娘《ゆきむすめ》にかけた願いごとをくやんだ。おじいちゃんが元気になりますように、とお願いすればよかった。

それ以上大切なことなんてないのに。

ターシャは、しっかりと自分に言い聞かせた。

おじいちゃんは、かならず元気になる。

ターシャは、元はママの部屋だった二階の部屋をもらったけれど、おじいちゃんの近くにいたかったから一階の作業部屋でねていた。それに、その部屋からは谷がひと目で見わたせたから。作業部屋にはさまざまな道具があった。糸車や機織《はたお》り機もあって、ひとかたまりの洗《あら》ったヤギの毛がすいてつむぐばかりになっている。春になって咳《せき》がよくなったら、おじいちゃんから道具の使い方を教えてもらおう。

ターシャはパジャマに着がえてから、毛布《もうふ》を肩《かた》にかけてベッドにすわり、窓《まど》の外に目をやった。地面に積もった雪が白く光り、降《ふ》り続けている雪の結晶《けっしょう》もきらきらとかがやいて見えた。そして、ちょうど目の前には、舞台《ぶたい》のヒロインのような雪娘《ゆきむすめ》が立っている。今にもくるくる回って魔法《まほう》の物語に息をふきこんでくれそうだ。

ターシャは窓《まど》に頭をもたせかけ、冷たい窓《まど》ガラスに手をあてた。

雪娘《ゆきむすめ》がまっすぐこちらを見つめている。雪娘《ゆきむすめ》の周りに残っていたターシャとおじいちゃんの足跡《あしあと》は、雪が積もってかくれてしまっていたけれど、雪娘《ゆきむすめ》はさっきとまったく変わっていない。おじいちゃんがほったスカートの模様《もよう》は、くっきりときれいなままだ。

上着の丸ボタンに、ふっくらしたそでとえり、波打つ長い髪《かみ》など、何もかもが完ぺきだ。けれど、何よりもきれいなのは、娘《むすめ》のやさしく人なつっこい笑顔だった。

雪娘《ゆきむすめ》を見ているうちに、ターシャはねむりに落ちていった。夢《ゆめ》の中で、雪娘《ゆきむすめ》が両腕《りょううで》を広げてくるくる回るのを見た。はじめて雪を見たときのターシャがしたように。

＊　＊　＊

しばらくしてターシャは目を覚ましたけれど、夜はまだ明けていなかった。窓《まど》ガラスにおしつけていたせいで、頭と手が冷えきっている。霜《しも》が窓一面《まどいちめん》にはりついていて、外が見えない。窓《まど》から頭をはなすと、頭がくっついていたところには霜《しも》がなく丸くすけていて、外が見えた。雪はやんだようだ。

その丸から外をのぞいて、ターシャは息をのんだ。

雪娘《ゆきむすめ》がいない。

娘《むすめ》が立っていた場所には、積もった雪しか見えない。立っていた場所を示《しめ》す、ちょっとした雪のかたまりさえもない。ターシャは自分の願いごとを思いうかべて、どきりとした。

ううん、そんなのありえないよね。雪娘《ゆきむすめ》にかけた願いごとがかなうはずないもの。たぶん、雪娘《ゆきむすめ》はくずれて、降《ふ》り続ける雪にうもれてしまったのだ。ターシャの心は、悲しみでずんと重くなった。雪娘《ゆきむすめ》は、ただの雪の像《ぞう》ではなかった。愛と願いをこめて作り、心の内にある希望と不安を雪娘《ゆきむすめ》と分かちあったつもりだ。人は笑うかもしれないけれど、雪娘《ゆきむすめ》が本当の友達のような気がしていたのに。

そうだ、外に出てみようと、ターシャは思いついた。雪娘《ゆきむすめ》がどうなったのか確《たし》かめたい。何か残っていないか探《さが》したい。雪娘《ゆきむすめ》におじいちゃんがかけてあげた青いマフラーを思い出して、ターシャはあわてた。おばあちゃんが編《あ》んだあのマフラーも、雪娘《ゆきむすめ》といっしょに消えている。マフラーがなくなったら大変だ。もっと雪が降《ふ》り積もったら、うもれてしまう。今なら、見つけられるかもしれない。

ターシャはベッドから出て、パジャマの上からズボンをはき、セーターを着た。しのび足でろうかを歩く。おじいちゃんの部屋の前を通るとき、いびきが聞こえてきた。居間《い》《ま》に入ると、部屋の中の何もかもが、窓《まど》からさす光を浴びて銀色にかがやいている。ターシャはコートをはおり、ブーツをはいた。雪が降《ふ》っている夜に、ひとりで外へ出るなんて、不安でしかなかった。でも、おじいちゃんのマフラーを探《さが》さないと。それに、あの美しい雪娘《ゆきむすめ》がいたという証《あかし》を、なんとかして見つけたかった。

ターシャは、ひとつ深呼吸《しんこきゅう》し、そして、玄関《げんかん》のドアを開けた。

6 月明かりのもとで

夜の冷たい空気に包まれて、ターシャは寒いと思った。分厚《ぶあつ》いウールのコートのえりを立てる。目の前にはまっさらな雪が一面に広がり、月明かりにかがやいている。ターシャは夜空を見上げて、どこまでも広がっている空におどろいた。

でも、外へ出てきた理由をすぐ思い出し、ターシャは下を向いて、目の前の雪を見回した。雪娘《ゆきむすめ》の姿《すがた》はなく、おじいちゃんの青いマフラーもない。ターシャが玄関《げんかん》ポーチからおりると、雪に足がしずみこむ。ひざまであるブーツごとしずんでしまいそうだ。

おじいちゃんといっしょに雪娘《ゆきむすめ》を作った場所まで、ターシャは雪の中を歩いていった。積もった雪の上にはなんの跡《あと》も残っていない。それでもよくよく見て、ターシャは自分のと同じくらいの大きさの足跡《あしあと》が、かすかに残っているのに気がついた。雪娘《ゆきむすめ》が立っていた場所から、どこかへ向かっている。ターシャは、はっと息をのんだ。

これが、雪娘《ゆきむすめ》の足跡《あしあと》のわけがないよね。……まさか、そうなの？

ターシャは、身ぶるいした。寒さのせいなのか、願いがかなったかもしれないと思うせいなのか、わからない。

足跡《あしあと》らしきものが、闇《やみ》の中に消えているところまでを目で追った。周りを見て耳をすます。物音ひとつ聞こえない。ターシャは首をふった。足跡《あしあと》のはずがない。そんなの、ありえない。ところが、もう一度下を見ると、それよりずっと小さなくぼみもいくつか残っていることに気がついた。

きっと、何か別のものにちがいない。

ターシャは、ポケットからミトンを引っぱり出して手にはめ、雪《ゆき》をほりはじめた。雪娘《むすめ》がくずれちゃったなら、おじいちゃんの青いマフラーはここにうまってるはず。雪にかくれていたこおった草に手が届《とど》くと、さらに外側へとほり広げた。

雪娘《ゆきむすめ》は横か、それともうしろにたおれたのかも……。

ほり続けるうちに、ミトンをはめていても指がかじかみ、周りにはほった雪があっちこっちに散らばった。それでもマフラーは見あたらない。

今では月が空高くのぼり、おじいちゃんの農場を照らしている。ターシャは立ちあがってもう一度辺りを見回し、筋道《すじみち》を立てて考えようとした。マフラーは風で飛ばされて、近くの石垣《いしがき》か、しげみのトゲに引っかかっているのかも。ターシャは、白い雪の上に青いものが見えないか探《さが》した。すると、鶏小屋《とりごや》のうしろで赤いものがちらっと動いたのが目のはしに入った。

おじいちゃんがキツネに気をつけなさいっていってたっけ。ターシャはあわてて鶏小《とりご》屋《や》へと向かった。キツネがニワトリをねらっているなら、追いはらわないと。

そのとき、鶏小屋《とりごや》の裏《うら》からチリンチリンという音が聞こえてきて、ターシャは立ちどまった。胸《むね》がどきどきする。小さな鈴《すず》の音にも、女の子の笑い声にも聞こえる。ターシャは注意深く耳をすました。

女の子の笑い声だ！

この谷の女の子は、ターシャのほかにはクララと、湖の向こう側に住むヴァシリーの孫の、十七歳《さい》のアナスタシアしかいない。もし何かわけがあって真夜中にたずねてきたとしたら、家のドアをノックするはずだ。鶏小屋《とりごや》の裏《うら》で笑っているのはおかしい。

ターシャは音を立てないようにして、少しずつ前へ進んだ。でも、雪をふむブーツがザクザクと大きな音を立ててしまう。静かに近寄《ちかよ》るのをあきらめ、深呼吸《しんこきゅう》をして胸《むね》の不安をなだめると、笑い声のするほうへまっすぐ近づいていった。

鶏小屋《とりごや》の向こうでは、ひとりの女の子が笑いながら走り回り、一匹《ぴき》のキツネが楽しそうに、その子のあとを追いかけていた。その姿《すがた》を見つめながら、ターシャはおどろきのあまり口をぽかんと開けた。

女の子は、ターシャと同い年くらいに見える。水色の長いスカートには、美しい手のこんだ雪の結晶《けっしょう》の模様《もよう》があり、銀色にかがやいている。女の子が笑いながら走り回るのに合わせて、銀白色の長い髪《かみ》が波打つ。おじいちゃんと作った雪娘《ゆきむすめ》にそっくりだ。

初雪にかけた願いごとは、かなえられたのかもしれない！

そのとき、女の子の髪《かみ》に青いものがひとすじまざっていることに気づいた。

おじいちゃんのマフラーだ！

今いるのは夢《ゆめ》の中？　それとも現実《げんじつ》と空想がごっちゃな世界？　魔法《まほう》があたりまえに存在《そんざい》する世界？

『ひとりぼっち』の穴《あな》が大きくなりすぎて、まぼろしを見るようになったのだろうか。

ターシャは何度もまばたきをして、目の前で起こっていることを見なおした。物語の登場人物が夢《ゆめ》かと疑《うたが》うときにするみたいに、ほっぺたをつねってもみた。でも、雪娘《ゆきむすめ》そっくりの女の子はやっぱりそこにいる。それに、自分はどう考えても目が覚めていて、夢《ゆめ》の中にはいない。

女の子とキツネは雪の上を軽やかに走り回るけれども、足跡《あしあと》はほとんど残らず、雪がかすかにくぼむだけだった。何分かたつと、女の子は息を切らし、走るのをやめた。キツネがそばにすわり、あくびをする。女の子は腰《こし》をかがめて両ひざに手をつくと、ふり向いてまっすぐターシャを見た。女の子の顔はきらきらと光っている。目は青い氷のようにかがやき、うれしそうに笑っていた。

ターシャは息をするのを忘《わす》れた。指がふるえる。だけど、こわくもないし、不安にもならない。それどころか、興奮《こうふん》の波がずーんとおしよせてきた。

この世にも魔法《まほう》は存在《そんざい》するんだ。願いはかなう。だから、雪娘《ゆきむすめ》が本物の女の子になったんだ。そう心の底から信じることができて、ターシャの顔に笑みが広がった。

「こんにちは」

ターシャは、消え入りそうな小さな声で話しかけた。

女の子は体を起こし、ターシャにはわからない言葉で何かいった。だけど、どこかで聞いたことがあるような言葉だ。しんしんと雪が降《ふ》るとき、鈴《すず》がチリンと鳴ったとき、それとも夜におりた霜《しも》をふんだときに聞こえる音に似《に》ているかな。何をいっているのかはわからないけれど、言葉にこめられた気持ちは伝わってきた。鳥のさえずりや、楽器のかなでる音に耳をすます感覚で、音の中にちりばめられた思いを感じ取るのにも似《に》ている。雪娘《ゆきむすめ》は、ここにいられるうれしさを伝えようとしているんだ。

女の子は胸《むね》に手をあてて、ゆっくりと、ただひとこと「アリアナ」といった。

「アリアナね」

ターシャは同じように胸《むね》に手をあてて、「ターシャ」とだけいった。

「ターシャ」

アリアナはうなずき、キツネはターシャを見おろした。キツネはターシャを見て、ものめずらしげに首をかしげてから、あいさつするかのようにこくんとうなずいた。ターシャはびっくりしつつも笑って、キツネにうなずき返した。

「この子にも名前はあるの？」

アリアナが首をふったので、ターシャにもなんとなくわかった。野生の動物なんだから、キツネに名前がなくて当然だ。

アリアナはおじいちゃんのマフラーを首からはずし、ターシャにさしだした。

ターシャはキツネをおどろかせないようゆっくりと歩いて近づいたからか、キツネは落ちついてすわったまま、ターシャを見つめている。まっ白の小さな雪の結晶《けっしょう》が、またゆっくりとまい落ちてくる。ターシャは立ちどまり空を見上げてから、また何歩か近づいた。手をのばし、アリアナの指からマフラーをそっと取る。

アリアナは生きている！

夢《ゆめ》でもないし、空想の産物でもない。雪娘《ゆきむすめ》が、本当に生きている女の子になったんだ。

アリアナはしゃがみ、素手《すで》でひとつかみの雪をすくうと、それを固めて雪玉を作った。それをもって何か考えながら辺りを見回し、はねるような足取りで畑の北へ向かった。そこから先は森が広がっていて、松の枝《えだ》が雪の重みでたわんでいる。アリアナが手をのばして一本の枝《えだ》をはじくと、枝《えだ》に積もっていた雪が、ドサッとにぶい音を立てて落ちてきた。アリアナは笑い声をあげた。

ターシャは、おじいちゃんのマフラーを首に巻《ま》きつけ、とまどいながら見守っていた。そのうちアリアナが雪玉をあてる的《まと》になるものを作っているのだと気がついた。

アリアナは走ってもどってくると、注意深くねらいをさだめ雪玉を投げた。的《まと》にした枝《えだ》に雪玉があたって粉々《こなごな》になり、アリアナはにっこりとする。ターシャのほうをふり向いて、やってみないかと身ぶり手ぶりでさそう。

ターシャもやってみたくて、うずうずしていた。かがみこんで雪を集め、ねらいをさだめると、雪玉を投げた。雪玉は的《まと》から十センチほどはずれたところにあたった。

アリアナは、うれしそうに手をたたいた。かがんで、もうひとつ雪玉を作ると、優雅《ゆうが》な身のこなしで投げる。雪玉は完ぺきな曲線をえがきながら、まっすぐ的《まと》に向かって飛んでいく。けれど突然《とつぜん》キツネがあとを追い、ジャンプして雪玉にくらいついた。雪玉は粉々《こなごな》にくだけてキツネの顔が雪だらけになってしまった。アリアナは楽しそうに笑った。

キツネは、ふんとそっぽを向き、雪のついたくちびるをなめている。

ターシャも次の雪玉を作り、今度はうまく的《まと》にあてた。そして、得意《とくい》げに笑った。

アリアナも満足そうにうなずいた。かがんでもっと雪をすくおうとしたとき、ふと動きをとめた。何かが聞こえたようだ。体を起こし、納屋《なや》のそばの畑を指さすと、両手を組みあわせて鳥が飛んでいるような形を作った。アリアナの手に月の光があたり、雪の上に影絵《かげえ》ができた。フクロウに見える。

「わあ!」

ターシャの口からため息がもれた。メンフクロウが狩《か》りをしているところは見かけたことがある。音も立てずに飛ぶ。白い顔の下辺りの羽根がうすい茶色で、胸《むね》に色の濃《こ》い斑点《はんてん》があるのが見えたから、そのメンフクロウはメスだったと思う。

アリアナが雪の上を軽やかに走って畑へ向かうと、キツネはあとを追った。

ターシャもとっさに追いかけた。同じくらいの背《せ》かっこうなのに、走るときに立てる音はアリアナの倍で、雪に足がしずむ深さも倍だ。

石垣《いしがき》近くまで来ると、アリアナは立ちどまりターシャを手まねきした。ふたりはニワトコの木の下のほうの枝《えだ》にすわった。キツネはアリアナの足元で丸くなり、雪におおわれた畑の向こうをみんなで見つめる。コートの中まで冷たい空気が入りこんでくる。しっかりとえりを引き寄《よ》せてから、ターシャはミトンとブーツの中で手足の指をもぞもぞ動かし、少しでも暖《あたた》かくなろうとした。

ターシャがいちばん先にメンフクロウを見つけた。アリアナに顔を寄《よ》せ、指さして教える。畑の反対側の石垣《いしがき》にとまり、地面をじっと見つめている。こごえそうな夜の空気よりもさらに冷たい、氷のような気がアリアナの体から立ちのぼり、ターシャを包んだ。

ターシャはふるえあがり、アリアナがフクロウを見つけるとすぐにはなれた。しばらくして、フクロウは翼《つばさ》を広げたかと思うと、すべるように飛びおりてきて、足の指を広げ雪の上に着地した。何をつかまえたのかは見えないけれど、たぶんネズミだろう。畑のライ麦を刈《か》った株《かぶ》の下には、たくさんのネズミが巣穴《すあな》を作っている。フクロウが翼《つばさ》を広げ獲物《えもの》をくわえて静かに元の場所にもどるのを、ターシャは息をつめてながめた。

「なんてきれいなの」

アリアナがうなずいた。雪が降《ふ》ってくる中、鐘《かね》の鳴る音が聞こえてきた。アリアナがひっそりと笑っているのかと思って、ターシャはアリアナを見たけれど、このやさしい音はもっと上のほうから聞こえてくる。ふたりの頭上で弓なりになっているニワトコの木の上のほうの枝《えだ》から、何千本ものつららがぶら下がっている。そのつららがかすかな風にゆられ、ぶつかりあってチャリンと音を鳴らす。

つららが長くなり、鐘《かね》の音が大きくなるようすに、ターシャはおどろいて目を丸くした。コートのえりを引き寄《よ》せ、だまったままその光景を見つめる。口を開くと、魔法《まほう》が解《と》けてしまうような気がしたから。

つららの立てる鐘《かね》の音、雪のきらめき、まばゆい月の光と白い雪が作る銀色の影《かげ》に包まれて、ターシャは時間がたつのを忘《わす》れた。フクロウがもち場をはなれ、飛んでいってしまうと、ターシャは現実《げんじつ》に引きもどされ、自分が寒さでガタガタふるえていることに気がついた。

パパとママからは、おじいちゃんの住む谷あいでは冬の寒さがどれほど危険《きけん》か聞かされていた。また、ふるえがとまらなくなったときは、部屋の中に入るようにとも約束させられていた。

ターシャは、しぶしぶ家を指さした。

「帰らなきゃ」

アリアナは森のほうを指さした。手でまた別の形を作ると、雪に落とした影絵《かげえ》はシカのように見える。

「森でシカを見たの？」

ターシャはコートのポケットをごそごそ探《さぐ》り、いつも持ち歩いているスケッチブックを取り出した。最初のページにかかれている、小さなノロジカの絵を指さす。ある朝、ヤギの放牧地の西にある小川のそばで、見かけたことがあったのだ。

アリアナはターシャの絵を見てうなずいてから、二本の指を口にあてた。牙《きば》だろうか。

ターシャはおどろいて、目を見開いた。アリアナが伝えたいことがはっきりとわかったからだ。『北国の野生動物』で、ジャコウジカのことを読んだことがあった。ジャコウジカのオスには、牙《きば》に似《に》た長い犬歯が二本生えているそうだ。この谷のある地方ではオスもメスもめったに見かけない。

アリアナは立ちあがって、森へ行こうと手まねきする。キツネも立ちあがり、のびをして森のほうを見た。

ターシャは悲しくなった。アリアナやキツネといっしょにジャコウジカを見たいのはやまやまだったけれど、家に帰って体を温めなければならない。ターシャはつらそうな顔をして、ううんと首をふった。両腕《りょううで》をかかえて体をふるわせ、とても寒いということをわかってもらおうとした。

アリアナは、わかった、とうなずいた。月を指さしてから、空に腕《うで》で大きな弧《こ》をえがくと、月がのぼってきた北東の山を指さす。

今度も、アリアナがいいたいことがはっきりとわかった。明日の夜、月がのぼるころにもどってくるつもりなんだ。アリアナやキツネと、もっと長くいっしょにいたい。ターシャの胸《むね》は期待にふくらんだ。ターシャがうんとうなずくと、アリアナはうれしそうにした。顔を寄《よ》せてきて、ターシャのほっぺたにそっとキスをする。

ほおは冷えきっていたから、キスされた感触《かんしょく》はなかったけれど、ターシャはうれしくって体中がぼうっと熱くなった。アリアナはといえば、キツネをお供《とも》にして森へと走っていってしまった。その姿《すがた》を見送ったターシャは、また寒くて体がふるえ出し、歯までガチガチと鳴りはじめた。ターシャは、ぎくしゃくと歩いて家へともどっていった。

ドアを開けて家の中に足をふみ入れ、温かい空気にふれると肌《はだ》がぴりぴりした。パジャマの上に着ていたコートをぬいで、ストーブのそばに置いてかわかす。それから、つま先立ちでおじいちゃんの寝室《しんしつ》の前へ行き、ドアの取っ手にマフラーをかけた。それから自分の部屋のベッドにたおれこむと、毛布《もうふ》にしっかりとくるまる。体はつかれて冷えきっていたけれど、幸せな気持ちだった。

長いあいだ心にぽっかり穴《あな》があいたような感覚、あの『ひとりぼっち』が、消えてなくなっていた。友達ができた。両親やおじいちゃんに、アリアナのことをどう説明すればいいのか、そもそも説明できるのかどうかも、今はわからない。でもそれは、たいした問題じゃない。この世には魔法《まほう》が存在《そんざい》していた。これから何が起きるんだろう。ここまでわくわくするのは、生まれてはじめてだった。

7 目が覚めて

ターシャは目を覚ました瞬間《しゅんかん》、寝坊《ねぼう》したのがわかった。部屋の窓《まど》からは朝日が降《ふ》りそそぎ、窓《まど》ガラスにはりついていた霜《しも》は消えていた。ターシャは起きあがり窓《まど》の外を見た。やっぱり雪娘《ゆきむすめ》はいなかった。夢《ゆめ》ではなかったのだ。雪娘《ゆきむすめ》がいた場所の雪は平らで、弱い日ざしのもとでも明るくかがやいている。

ターシャはぼうっと北の方角にある遠くの森や山をながめた。

アリアナとキツネは今あの辺りにいるのかな。約束通り、今夜また来てくれるかな。早く夜になるといいなと思いながら、ターシャはベッドからおりた。

居間《いま》から朝ごはんのときのお決まりの音が聞こえてくる。スプーンがボウルにあたる音、パパの低い声、ママの歌うような声。おじいちゃんのぜいぜいと苦しげな笑い声は短くとぎれ、咳《せき》に変わる。急いで着がえながら、うしろめたさでおなかがぎゅっと痛《いた》くなった。ヤギとニワトリにえさをやって小屋をそうじしたあとに朝ごはんをとるのが、ターシャの日課だ。自分が農場で役に立っていると感じられるたったひとつの仕事だ。

一瞬《いっしゅん》、あんなにおそい時間にアリアナと外にいたことを後悔《こうかい》した。でも、あの魔法《まほう》のひとときを思い出すと、つい顔がほころんでしまう。

居間《いま》に入りながら、ターシャはあやまった。

「寝坊《ねぼう》してごめんなさい。夜中に目が覚めちゃって……」

でも、途中《とちゅう》で口をつぐんだ。パパとママやおじいちゃんにアリアナの話をしても、信じてくれるかな。大人は魔法《まほう》の世界の話をするのは大好きだけれど、魔法《まほう》の世界を信じている大人には、そういえば会ったことがない。

ソルトベリーに住んでいたとき、ターシャはパパとママ、おじさんやおばさんから、人魚や海の怪物《かいぶつ》が出てくる話をたくさん聞いた。でも九歳《さい》のとき、『銀の入江《いりえ》』で泳いでいる人魚を見かけた気がしたと話したときは、だれも信じてくれなかった。アザラシかイルカか、どこかのだれかを見たにちがいない、生きている本物の人魚なんてありえないと、だれもが口々《くちぐち》にいった。結局、人魚の話をだれにも信じてもらえないものだから、ターシャは自分でも信じられなくなった。

ターシャはアリアナやキツネのことはだまっていようと決めた。また信じてもらえないのはいやだし、自分を信じられなくなるのもいやだ。アリアナと過《す》ごした昨日の夜は、今まで経験した何よりも、すてきで不思議な時間だった。あれをなかったことにはしたくない。

そのかわり、ターシャはこうたずねた。

「ヤギとニワトリはどうだった？」

「元気だよ」

パパが、ポリッジをよそったボウルをわたしてくれた。上にのっている干《ほ》しブドウがふやけている。

「今朝はおじいちゃんがえさをやって、ぼくが小屋をそうじしたよ。ちっちゃいファーディナンドが雪と遊んでいるところを見せたかったなあ！」

パパが笑った。

ターシャは窓《まど》に近づいて、ヤギたちの姿《すがた》を探《さが》した。深く積もった雪に、ファーディナンドがうもれてしまいそうに見える。

「ファーディナンドはだいじょうぶ？」

「追加の干《ほ》し草《くさ》とえさをやって、小屋の周りの雪かきをしておいたから、ちょっとぶらつくくらいはできるし、冷えたりぬれたりもしないさ」

「ターシェンカ、どうしても解《と》けない謎《なぞ》があるんだよ」

おじいちゃんが、目をかがやかせた。

「どんな謎《なぞ》?」

ターシャはおじいちゃんのそばのスツールにすわった。

おじいちゃんは首に巻《ま》いたマフラーにふれた。

「今朝起きたら、部屋のドアの取っ手にこれがかかってたんだよ。それに、おまえとじいちゃんのふたりで作った雪娘《ゆきむすめ》は消えちまった。人間の女の子になって、マフラーを返しに来てから、山へおどりながら帰っていったのかね?」

おじいちゃんはターシャにウインクした。

「そうかもね」

ターシャはにこっとした。もしアリアナのことを話したら、おじいちゃんなら信じてくれるのかな。

「それとも、夜のうちに雪娘《ゆきむすめ》がくずれたのかもしれないよ。わたし、おじいちゃんのマフラーが風で飛ばされたか気になって、探《さが》しに行ったんだ」

「まあ、そうやって夜に出歩いたせいで寝《ね》すごしたってわけね。長いこと外にいたの?」

ママが心配そうな顔になった。

「ううん、そんなに」

ターシャは首をふって、それ以上聞かれないよう、ポリッジをスプーンですくって口に運んだ。

「星空の下を歩き回るのは昔から大好きだったな。冬の夜の農場は本当にきれいなんだ」

遠い目になったおじいちゃんは、そういってから、急に大きな声をあげた。

「ああ、それから森だ！　夜の森ではいろんな動物が見られるぞ。アナグマ、モモンガ、ワシミミズク、ヤマネコ……」

「前にいっしょにヤマネコを見たの、覚えてる？」

「もちろんだとも、ターシェンカ！　晴れた日だったな、北の山に向かってふたりで歩いていたときだ。おまえがヤマネコを見つけたとき、じいちゃんは信じられなかったよ。たった百歩先の岩棚《いわだな》に立っていたんだからな。ヤマネコに出会うなんてまずないし、それこそ夏の昼間に現《あらわ》れるなんてな。ヤマネコは、一年のほとんどを山のずっと奥《おく》で暮《く》らして姿《すがた》を見せん。真冬をすぎると森におりてきてつがい相手を探《さが》すが、そのときさえ姿《すがた》を見ることはめったにない。たまに夜につがい相手を探《さが》して鳴く声が聞こえるくらいだ。ああ、あのときのヤマネコは美しかった！　周りの風景にすっかりなじんでいて、いかにも堂々《どうどう》としていたな」

おじいちゃんの目が生き生きしている。

「時間がとまったみたいだった。おじいちゃんがわたしの手をにぎってくれたけれど、ふたりともふるえちゃってたね。こわかったんじゃなくて、ヤマネコに会えた感動でふるえてたんだよね」

「あの思い出はわしの宝物《たからもの》のひとつだよ、ターシェンカ」

「わたしも。また会えたらいいな。春になって、雪がとけてからね」

「階段《かいだん》をのぼるのもむずかしい今のじいちゃんには、もう山歩きは無理だよ」

おじいちゃんはターシャから顔をそらし、窓《まど》の向こうに見える、はるか遠い西の方角にある山へと目を向けた。

ターシャの胸《むね》はしめつけられた。おじいちゃんに、そんなのまちがいだと伝えたかった。咳《せき》が治ったらすぐに、またいっしょに山をのぼれるといいたかった。それなのに、ターシャの口はかわき、言葉が出てこない。胸《むね》のうちに冷たい何かを感じる。

おじいちゃんのいってることが正しかったら？

おじいちゃんはやさしい笑顔をうかべて、ターシャに向きなおった。

「ターシェンカ、今日はどうするんだ？　雪娘《ゆきむすめ》をもうひとり作るかい？」

「おじいちゃんと作った雪娘《ゆきむすめ》は完ぺきだったよ。ほかにはいらない」

「それなら、こんなのはどうだ？」

おじいちゃんの顔がほころぶ。

「この谷には、初雪が降《ふ》ったら、みんなが共同納屋《なや》に集まってそうじや片《かた》づけをするという伝統《でんとう》があるんだ。冬のあいだはずっと、共同納屋《なや》は重要な場所になる。あまった食料や薪《まき》をみんながもちよって置いておく。何か必要なものができたら、だれでも共同納《な》屋《や》からもっていけるんだよ。ノナがその仕事を取りしきっているはずだが、きっとおもしろいぞ。行ってみたらどうだい？　クララやマイカと雪遊びもできるかもしれん」

「すてきなアイデアね。ターシャ、パパとママは、今日はあちこちの修理《しゅうり》でいそがしくなりそうなの。農場のどの建物にも、雪が入ってこないようにしなきゃ。でも、ターシャには、たまには好きに過《す》ごしてほしいわ」

「ターシャ、あのスキーですべってみたらどうだ？」

ママとパパも口をそろえていう。

ターシャは、農場をはなれると思っただけで不安になるし、共同納屋《なや》に行って人と話すと想像《そうぞう》するだけで、パニックの波にのみこまれる。だからすぐにこう答えた。

「スキーのやり方がわからないし、どうやって行くのかも知らないよ」

「スキーはママが教えてあげられるし、行き方も教えてあげる。かんたんな道よ」

「ここからその道が見える。おまえがぶじに着くか、じいちゃんが見ていてやろう。ターシェンカ、自分と同じ年ごろの子たちと過《す》ごすと、きっと楽しいぞ」

ターシャは眉間《みけん》にしわが寄《よ》るのが自分でもわかった。農場をはなれることをこうしてすすめられると、深い水の中に落とされるような気分になる。まだ心の準備《じゅんび》ができていないといおうか。こわくて、前のような勇気が出ないんだって。

でもそこで、ターシャはゆっくりと息をはき、アリアナのことを思った。するとなんだか力がわいてくるではないか。

昨日の夜は、アリアナといっしょに雪玉を投げて、フクロウを観察した。不安になるどころか、いっしょにいて楽しかった。アリアナといっしょにいて楽しかったなら、クララやマイカといても楽しいかもしれない。

「わかった。スキーをはいて、共同納屋《なや》に行くことにする」

ターシャは、きっぱりといった。

「よし！　それじゃあ、ノナに伝えてくれるかい？　うちにあるじゃがいも二袋《ふくろ》を、だれかにそりで取りに来てもらいたいってね」

「うん、伝えるね。そうだ、今晩《こんばん》、おじいちゃんの調子がよかったら、小屋でヤギをいっしょにねかしつけようよ」

ターシャは、おじいちゃんのほおにキスをした。

おじいちゃんはよしよしとうなずき、ターシャのほおに手をあてた。その手は冷たくて、ふるえている。

「ターシェンカ、どれだけ勇気がいるのかわかっているよ。きっとだいじょうぶだ」

ターシャは自分の手をおじいちゃんの手に重ねて、おじいちゃんの手を温め、ふるえをとめようとした。目がうるんでくるのは、おじいちゃんの言葉のせいなのか、おじいちゃんの手が弱々《よわよわ》しいせいなのか、どっちなのだろう。

「またあとでね、おじいちゃん」

ターシャは、まばたきして涙《なみだ》をこらえ、笑顔を作って立ちあがった。


ターシャとパパとママは、暖《あたた》かい服に着がえると、雪をかきわけて納屋《なや》へ向かった。パパは納屋《なや》からスキーと二本の木のストックを出して、ターシャにわたしてくれた。スキーは短くて幅《はば》が広く、革《かわ》の締《し》め具《ぐ》がついていて、板の裏《うら》に美しい雪の結晶《けっしょう》の模様《もよう》がほられていた。おじいちゃんが雪娘《ゆきむすめ》のスカートにつけたのと似《に》ている。

ブーツに締《し》め具《ぐ》を巻《ま》く方法をターシャに教えながら、ママが説明する。

「この模様《もよう》は、飾《かざ》りというだけじゃなくて、スキーが雪をしっかりつかむためにほられているの。で、バランスを取りながら、前進したりブレーキをかけたりするのがストック。好きな速さですべれるわよ。さあ、すべってみて！　片足《かたあし》ずつ順番に前に出すの」

ターシャはうんといい、ストックを雪につきさし片方《かたほう》の足を前に出した。スキーの板は雪にしずむことなく、雪の上をなめらかにすべる。ターシャはうれしくなった。ストックを前へ動かしてから、もう片方《かたほう》の足を前に出す。それをくり返すうちに、どんどん遠くへ、速く、すべっていく。まるで地面からういて飛んでいるみたいだ。

「これ、すっごく楽しいね！」

スキーですべっていったら、どんなに遠くでも、あっという間に行けちゃう！　ソルトベリーの浜辺《はまべ》を走るのとはぜんぜんちがう。浜辺《はまべ》では、一歩ごとに砂《すな》に足を取られた。

ママはうれしそうに笑って、手をたたいた。

「スキーの才能《さいのう》があるわね、ターシャ！　すごく上手よ！」

ターシャは大きく一周してから、ママのところへもどってきた。

「ありがとう、ママ」

ママはターシャの肩《かた》に手を置いた。

「このスキーがまた役に立つなんて、うれしいわ。すてきな一日になるといいわね。それで、行き方は……」

ママは共同納屋《なや》へ行く道を指さした。谷の真ん中を進むわかりやすい道だ。かんたんにすべっていけそうで、ターシャは自信がわいてきた。

パパとママに行ってきますのハグをしてから、ターシャは出発した。前の夜にアリアナと腰《こし》かけたニワトコの木を通りすぎながら、夜になればまた会えると思ってほほえむ。それから、ヤギの放牧地をすべっていき、寄《よ》り道《みち》してファーディナンドをだっこし、ほかのヤギたちにもあいさつした。でも長居《ながい》しないで、放牧地のはずれを流れる小川まで急いだ。そこでしばらく立ちどまり、勇気をふるい立たせようと、深呼吸《しんこきゅう》して冷たい空気をすいこむ。そして南へと向きを変え、おじいちゃんの農場をあとにした。

小道を風になった気分ですいすいすべって、気持ちがいい。今日の自分は昨日までの自分とちがうし、周りの世界もちがって見える。冬の魔法《まほう》と未来への希望のおかげで、何もかもがかがやいている。共同納屋《なや》へと、だんだんスピードをあげて飛ぶように向かうターシャは、たしかに笑っていた。

8

共同納屋《なや》にて

共同納屋《なや》は石づくりの古い建物で、納屋《なや》の片側《かたがわ》には松の小さな林があり、もう片側《かたがわ》には畑が広がっていた。いちばん近くに住んでいるのはノナおばさんで、畑ふたつ分ほどはなれたところに家がある。この谷では、どの家もあいだに畑をはさんで散らばっている。だから谷の中心にあるこの納屋《なや》が、何世代も前に共同納屋《なや》に選ばれたのだ。みんなが集まっていっしょに過《す》ごせる、共有の場所だ。

にぎやかだろうと期待して納屋《なや》に近づくにつれて、ターシャの胸《むね》はまた緊張《きんちょう》でどきどきしてきた。だけれど、横の畑に馬は一頭もいないし、外にそりやスキーも見あたらず、建物の中から話し声や笑い声もひびいてこない。

霜《しも》でこおって固まったツタが、共同納屋《なや》全体を何重にもおおっていた。ターシャは、納屋《なや》の入り口を探《さが》して納屋《なや》の周りをスキーで二周し、ようやく雪の上に足跡《あしあと》がひとすじ、裏口《うらぐち》の小さなドアへと続いているのを見つけた。

ターシャはスキーをぬいで、のぞきこんだ。中はがらんとしていて、暗く静まり返っていた。おばあさんがひとり、天井近くにある細い窓《まど》からのほの暗い光をたよりに、床《ゆか》をほうきではいている。

「ノナおばさんですか？」

おばあさんはほうきの手をとめて、顔をあげた。

「おや、今日、あんたが来るとは思ってなかったよ。もしかして、あたしがあげた『元気になるお茶』のおかげで、ついにおくびょうが治ったのかね？」

ノナおばさんには何度か会ったことがあるけれど、そのたびに落ちつかない不安な気持ちになった。ここまで圧《あつ》を感じる人には会ったことがない。ウールのコートを着たノナおばさんの肩幅《かたはば》は、広くてたくましい。手はしみだらけだけれど、ニワトリの羽根をむしるのも、おのをふりおろすのも、さっさとできる手だ。もじゃもじゃの白髪《しらが》まじりの髪《かみ》は、頭にきつく結んだスカーフでかくしている。顔には深いしわがきざまれていたけれど、目は若々《わかわか》しくかがやき、そのまなざしは、何ひとつ見のがさない。

「お入り。あんたがた家族は元気にしてるかい？」

「パパとママとわたしは元気です。でも、おじいちゃんはまだ咳《せき》が続いていて」

ターシャは床中《ゆかじゅう》に散らばった何枚《なんまい》ものチョウの翅《はね》をふまないよう気をつけながら、ノナおばさんのそばへと寄《よ》った。チョウの翅《はね》は高い梁《はり》にかかっている大きなクモの巣の主が落としたものだろう。

「初雪が降《ふ》ったらみんながここに集まって、納屋《なや》のそうじや片《かた》づけをするんだって、おじいちゃんから聞きました」

ノナおばさんはふんと鼻を鳴らした。いらだっているのか笑っているのか、どちらかわからない。

「あんたのおじいさんは、昔のまんまだねえ。あたしは今でも、初雪が降《ふ》ったらここへ来て、一日かけて冬の準備《じゅんび》をすることにしてるよ。だけど、みんながここに集まってたのはずいぶん前のことさ。この何年かのあいだに、たくさんの人が谷を出て南の町へ行ってしまったからね。みんなが参加する活動も、すっかりなくなったんだよ」

ノナおばさんは床《ゆか》をはき続ける。ほうきの音が、納屋《なや》のため息に聞こえてしまった。なんだか、気まずい。今日の計画が、ノナおばさんのほうきではかれるチョウの翅《はね》みたいに粉々《こなごな》になってしまった。どうしよう。がらんとした洞窟《どうくつ》のような納屋《なや》を見回すと、にぎやかだった昔のなごりがいくつか目に入った。天井の梁《はり》からぶら下がっている枝《えだ》には、ほこりをかぶったろうそくの燃《も》えさしがついている。壁《かべ》に取りつけられた木の板には、色あせたチラシがはってある。大きな暖炉《だんろ》には、白っぽい灰《はい》が中にも外にも散らばっている。

ノナおばさんはほうきの手をとめて、ターシャの視線《しせん》の先を追い、明るい声でいった。

「顔を出してくれる人もいるにはいるんだよ。今朝早くにエレーナとサビーナが立ちよって、魚の燻製《くんせい》やら干物《ひもの》やらもってきてくれてね」

「親切な人たちですね」

「今日はあと何人か、貯蔵庫《ちょぞうこ》に置いておく食料をもってきてくれると思うよ」

ノナおばさんは手でうしろを示《しめ》し、ターシャは貯蔵庫《ちょぞうこ》の扉《とびら》と思われる木のドアを見た。

それで、ターシャはおじいちゃんの伝言を思い出した。

「おじいちゃんが、じゃがいも二袋《ふくろ》をここに置きたいそうです。でも、だれかにそりで取りに来てほしいって」

「そうかい、たのんでおくよ」

ターシャは内心がっかりした。今日こそは、クララやマイカと話そうと心の準備《じゅんび》をしたのに、ここでは会えないんだ。

帰ろうかな。月がのぼればアリアナに会える。けれど、勇気をふりしぼってここまで来たのに、すぐに帰るのはもったいない気がした。それにこのまま帰って、おじいちゃんの覚えている谷の集まりはもう開かれていないよ、なんて説明したくない。おじいち

ゃんを悲しませるのはいやだ。

「何か手伝いましょうか？」

ターシャの言葉におどろいたノナおばさんは目を丸くしたけれど、うしろのドアのほうを向いた。

「それはありがたいね。じゃあ、貯蔵庫《ちょぞうこ》の棚《たな》のほこりをはらって片《かた》づけてくれるかい？」

ターシャはうなずき、チョウの翅《はね》をよけながらドアまでつま先立って歩いていった。ドアを開けると大きくきしむ音がして、まいあがったほこりのうずの中にターシャは立っていた。

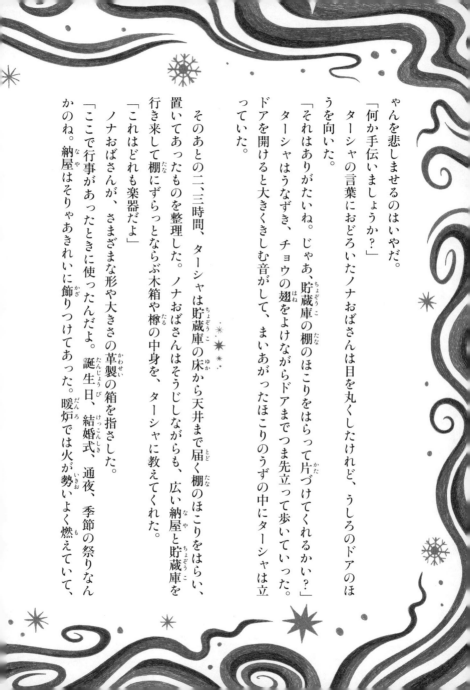

そのあとの二、三時間、ターシャは貯蔵庫《ちょぞうこ》の床《ゆか》から天井まで届《とど》く棚《たな》のほこりをはらい、置いてあったものを整理した。ノナおばさんはそうじしながらも、広い納屋《なや》と貯蔵庫《ちょぞうこ》を行き来して棚《たな》にずらっとならぶ木箱や樽《たる》の中身を、ターシャに教えてくれた。
「これはどれも楽器だよ」
ノナおばさんが、さまざまな形や大きさの革製《かわせい》の箱を指さした。
「ここで行事があったときに使ったんだよ。誕生日《たんじょうび》、結婚式《けっこんしき》、通夜、季節の祭りなんかのね。納屋《なや》はそりゃあきれいに飾《かざ》りつけてあった。暖炉《だんろ》では火が勢《いきお》いよく燃《も》えていて、部屋の片側《かたがわ》では長テーブルでみんなが食事をし、反対側ではダンスしたんだよ」

ノナおばさんは、ほうきをだいておどるように体をゆらした。ずっと小さいとき、おばあちゃんがまだ生きていたころ、そんな行事に来たことがある。ターシャが思い出せるのは、音楽や笑い声のざわめき、ろうそくの光にゆれる影《かげ》、いいにおいのするおいしい料理でいっぱいのテーブルくらいだ。

「最後に行事をしてから、どれくらいになるんですか?」

「七年はたつね」

ノナおばさんは悲しそうにため息をつき、ターシャの胸《むね》も痛《いた》んだ。谷の住人が少なくなったとしても、もう集まってお祝いをしないというのは残念だ。

ノナおばさんは別の棚《たな》を指さした。ガラスびんが入った木箱がならんでいて、びんのラベルには薬草やさまざまな病気の名前が書かれている。

「これはあたしが作った薬だよ。だれでも使えるようにここに置いてあるんだ。たいていの人は感謝《かんしゃ》してくれるんだがね、あんたのおじいさんときたら、何をあげても飲もうとしない」

「おじいちゃんは、ノナおばさんにもらった咳《せき》どめキャンディを、いつもなめてますよ。すごく効《き》きめがあって、本当に感謝《かんしゃ》しています」

ターシャが早口でいうと、ノナおばさんは得意《とくい》そうにほほえみながら、木箱の中をかき回した。

「だったら、ほかにもいくつか試すよう、おじいさんにすすめておくれ」

小袋《こぶくろ》やびんをいくつも、ターシャにわたしはじめた。

「これは白樺《しらかば》の皮のお茶、それから、はちみつとワサビ入り咳《せき》どめシロップ、こっちは首に巻《ま》くじゃがいものお守り、あとは、夜ねるときに靴下《くつした》に入れるからしパウダーだよ」

変わった薬もあるなと思ったけれど、ターシャはノナおばさんにお礼をいった。おくびょう風を寄《よ》せつけないためにといって、『元気になるお茶』をもうひと袋《ふくろ》わたしてきたときには、くちびるをかみ余計《よけい》なことをいわないようにした。

それから間もなく、ノナおばさんは畑をつっきって自分の家へ行くと、ライ麦パン、ヤギのチーズ、炒《いた》めた玉ねぎの入ったびん、にんにく入りミルクという、おばさんの親切がつまったかごをもってもどってきた。ターシャはお礼をいってから、『若《わか》さを保《たも》つ強精剤《きょうせいざい》』だというにおいのきついにんにく入りミルクだけは、ていねいに断《ことわ》った。

ターシャがかごの中身をつめなおしていると、クララのお父さんのエディアが馬《ば》そりに乗って現《あらわ》れた。以前に、おじいちゃんに会いに来て、パパとママでは手に負えない農場の仕事をいくつか手伝ってくれたことがあった。

エディアは背《せ》が高く、いつも笑顔だ。貯蔵庫《ちょぞうこ》に入れるために、干《ほ》して塩漬《しおづ》けにしたヒツジの肉をひと箱もってきていて、しばらくターシャやノナおばさんと立ち話をした。

クララがいっしょじゃなかったので、ターシャはがっかりした。でも、われながらおどろいたことに、エディアに「クララは元気ですか」と、自分からたずねていた。

「元気だよ。ターシャ、ありがとう。双子《ふたご》の弟たちより、ずっとね。弟たちは保管庫《ほかんこ》からフルーツケーキを勝手に出して、食べすぎちゃってね、おなかを痛《いた》くしてるんだ。クララは今日は、その弟たちの世話をするのを手伝ってるよ。きみに会いそこねたと知ったら残念がるだろうね。近いうちに、遊びに来ないかい？」

笑顔のエディアのさそいに、ターシャは、はいと答えた。今日くらい勇気を出せたら、クララの家のドアをノックできるだろうか。

午後にはマイカのおばあさんのヴィータもやってきた。服をたくさん重ね着して、宝《ほう》石《せき》のようにきれいな色のジャムが入った箱をもっている。ヴィータははるか北の地方出身で、ターシャにはわからない言葉を話す。ヴィータは箱からびんをひとつ取り出すと、ターシャの手におしつけてにっこりとした。ターシャや家族にくれるつもりなのだと気がついて、お礼の意味でうなずいた。マイカや、お母さんのラーヤは元気かたずねたかったけれど、ヴィータに通じるかどうかわからなかったから、かわりに手をふって見送った。マイカにも会えなかったと、がっかりして気分がしずむ。

ヴィータが帰ってすぐに日がかげりはじめたので、ノナおばさんは日が暮《く》れる前に帰ろうといった。その言葉に、ターシャはもうすぐアリアナに会えると思い出した。

「今日は手伝ってくれてありがとうね」

「そんなこと。明日か、そのあとでも、ほかにお手伝いすることはありますか？」

ターシャは、そんなことを聞く自分にまたおどろいた。今日は、ターシャが期待していた同い年くらいの子たちとの楽しい時間じゃなかった。でも、一日中おじいちゃんの農場でヤギやニワトリといっしょにいる生活リズムに変化が生まれたし、だれかの役に立てることもわかった。

「急ぎの用はないよ。でも、また来たくなったらいつでもおいで。ここはみんなの場所だよ」

ふたりでドアへと向かいながら、ノナおばさんはじっくりと納屋《なや》を見回した。

「ここにはいつ来ても、そうじするところや直すところがあるからね。だが気をつけるんだよ。帰るときにはかならず、戸じまりをしっかりして鍵《かぎ》をかけるんだ。動物が入ってこられないようにね。あたしが鍵《かぎ》をしまっている場所を教えておこう。必要があればだれでも入っていいのさ」

ノナおばさんは外に出て、ついてくるようターシャに手まねきした。

ターシャは外に出る前に、納屋《なや》の中を見回した。ほこりをかぶったろうそくの燃《も》えさし、色あせたチラシ、みんなが音楽に合わせておどった床《ゆか》。ここには、かつてにぎわっていた谷のおもかげが残っている。いつもの『ひとりぼっち』が、胸《むね》の中でふくらんだ。

ターシャは顔をそむけ、外へとふみ出した。深い雪と、冷たい空気の中へと。

ノナおばさんは、空を見上げて顔をしかめていた。

「今夜はひどく冷えこみそうだ。それに、今年は長くて厳《きび》しい冬になるだろうね。あたしの体が冷えて、関節がきしきし痛《いた》むからわかるんだよ」

ノナおばさんは積もった雪を見おろして、さらに顔をしかめた。

「今年の初雪はあっという間にずいぶんと積もったねえ。まだこのあとも降《ふ》るだろうからね、ここでの暮《く》らしは大変だよ。こういう古い農場や家を切りもりするのは、冬にはきつい仕事だ。それに、雪のふきだまりが道をふさいで、谷に出入りする山道も通れなくなることが多い。そうなると、みんな孤立《こりつ》してしまうのさ」

ノナおばさんはターシャに向きなおった。目はけわしいけれど、心配しているのがわかる。

「だから、あたしらはみんなで助け合って、たがいの安全を守らないとね」

ターシャの体が思わずこわばった。パパとママやおじいちゃん以外の人が信じられる？　自分の身の安全を任《まか》せられる？　そんなことを、ちょっと思っただけで不安になってしまい、体がふるえる。

ノナおばさんは、そのふるえを寒さのせいと思ったらしい。

「えりを立てて、ぼうしをかぶって、ミトンをつけなさい。日暮《ひぐ》れどきは、あったかくしておくことが肝心《かんじん》だよ。ほら、ここに鍵《かぎ》がある」

ノナおばさんは窓枠《まどわく》から鍵《かぎ》を取ると、ドアの鍵《かぎ》をかけてから、また元の場所にもどした。それから、さよならといい、畑を横切って自分の家へと帰っていった。ターシャはブーツにスキー板をつけ、うす暗いたそがれの中にふみ出した。

ターシャは道なりに、すべっていった。流れる冷たい空気にふれて、重苦しい考えや感情《かんじょう》がふき飛ばされていく。パパとママとおじいちゃんのいる居心地《いごこち》のいい家に早く帰ろう。月がのぼるころにはわくわくする時間が待っている。

雪が降《ふ》りはじめ、雪の結晶《けっしょう》がターシャの周りをまう。ほの白い雪が魔法《まほう》の夜を約束するよと、ささやいてくる。今夜も冒険《ぼうけん》と友情《ゆうじょう》に満ちた夜になるだろう。

9 森にて

その晩《ばん》、ターシャの頭はアリアナとキツネのことでいっぱいだった。また会えると思うと、期待がふくれあがっていく。夕食に何を食べたかも覚えていないほどで、家族の話もほとんど耳に入らなかった。それでも、みんながとてもつかれているのには気がついていた。

パパとママはソファにどすんとすわりこんだ。丸一日かかった修理《しゅうり》作業でつかれきっている。おじいちゃんは弱々《よわよわ》しく目を閉《と》じ、息づかいはあらく苦しそうだ。ほんの二口、三口しか食べず、いすでねむってしまった。

ターシャはノナおばさんがおじいちゃんにくれた薬を思い出し、そっと居間《いま》を出て、おじいちゃんがねるときの靴下《くつした》にからしパウダーを入れてあげた。もどって、白樺《しらかば》の皮のお茶をいれる。ハッカのあまくていい香りがしたけれど、おじいちゃんをそっと起こしてお茶をわたすと、おじいちゃんは顔をしかめた。しなびた小さなじゃがいものお守りを見せたときには、ノナはからかっているにちがいないといい、お守りを首に巻《ま》くのを拒否《きょひ》した。

それでも、おじいちゃんははちみつとワサビ入り咳《せき》どめシロップはひと口すすってくれて、のどが楽になるけれどピリッとするよ、といった。そのあと、おじいちゃんが寝《しん》室《しつ》に行くのをパパとママが手伝った。いつも以上に足元がふらついている。

ねるしたくが調うと、ターシャはおじいちゃんがねむりにつくまで、『湖と森』を読んであげた。少しでも息が楽になるように、おじいちゃんの頭の位置を直そうとしたけれど、胸《むね》からぜいぜいという音が聞こえてくるので、パパとママを呼《よ》びに行った。

ママはおじいちゃんのようすを見に行き、パパはターシャの部屋にいっしょに来て、小さいころのように毛布《もうふ》をかけてくるんでくれた。

「今日はよくがんばったね。勇敢《ゆうかん》で立派《りっぱ》だったよ」

パパはターシャのおでこにキスをした。

「ありがとう、パパ」

ターシャはほほえみ返したけれど、おじいちゃんのことが心配だった。パパとママのことも。ふたりとも、とてもつかれている。

ママが毛布《もうふ》をもう一枚《まい》もって入ってきて、ターシャのベッドにかけてくれた。ママは窓《まど》の外をちらっと見た。

「今夜は冷えこみそうね。雲がひとつもないときは、身を切るような寒さになるのよ」

「おじいちゃんはだいじょうぶ？」

「冷たい空気のせいで、肺《はい》の具合が悪くなるの。追加の毛布《もうふ》をかけてあげて、ストーブに薪《まき》を足しておいたわ。それで気持ちよく夜を過《す》ごせるといいんだけど」

ママはカーテンを引いてから、ターシャにおやすみのキスをした。

「今日はがんばったわね」

「じゃあ、朝にね」

パパがそういって、ふたりはドアの向こうへと消えた。

パパとママが階段《かいだん》をのぼっていくとき、ふたりの話す声がかすかに聞こえてきた。

「この農場は、こんなに寒くて雪の多い冬にたえられるかしら」

「できることをやるしかないさ。もしかしたら、天気がこれ以上悪くならないかもしれないだろう？」

ターシャはしばらくベッドに横になりながら、自分の心配ごとに加えて、パパとママの心配ごとも心にのしかかってくるのを感じた。おじいちゃんや農場や寒さや雪の心配。それに、今日はがんばって農場から外に出かけたのに、パパとママがまだ自分を心配し

ているのがわかる。息がつまりそうだ、心配ごとなんてふりきりたい。新鮮《しんせん》な夜の空気の中へとふみ出し、アリアナとキツネになんとかもう一度会いたかった。

　パパとママがねたらすぐに、ターシャはそっとベッドからぬけだした。昨夜の寒さと、「雲がひとつもないときは、身を切るような寒さ」だというママの言葉を思い出し、昨晩《さくばん》よりもっと厚着《あつぎ》をした。それから、しのび足で居《い》間《ま》へ行き、コートをはおり、ぼうしをかぶり、ミトンをつけた。

　ドアを開けると、目の前に明るくかがやく雪と夜空が広がっていた。外へ足をふみ出すと、雪がまい落ちてきた。大きな雪の結晶《けっしょう》は模様《もよう》がよく見える。とてもきれいだけれど、ママのいうことは正しかった。身を切るような寒さだ。ターシャはコートのえりを立てると家をあとにした。

　北東にある山の上に、月が出ていた。アリアナは、月がのぼるころに来るといっていたけれど……。

　ヤギの放牧地のかなり向こうから、鈴《すず》の鳴る音がかすかに聞こえてきた。アリアナの笑い声や、ニワトコの木からぶら下がるつららの音を思い出す。厚《あつ》

着《ぎ》をしていても体がふるえるほど寒かったが、ターシャは音のするほうへどんどん足を早めた。

先に目に入ったのはキツネだった。視界《しかい》のすみを赤いものがちらっと横切り、北の方角へと走っていく。そのあと、木々《きぎ》の向こうに水色の線が見えかくれするのに気づいた。アリアナだ！　キツネとアリアナの動きはすばやく、小川が森から出てくる場所へ向かっているようだ。鈴《すず》の鳴る音に包まれ、ターシャは引き寄《よ》せられた。雪に足を取られながら、できるだけ速く走り、息を切らしながら小川にたどり着いた。

アリアナは松の木陰《こかげ》から出てきた。昨日と同じ水色のスカートと上着を着て、銀白色の髪《かみ》が月の光にかがやいている。あわい青色の目はきらめき、肌《はだ》も星のように光っている。うしろにはキツネがいて、金色の目をかがやかせてターシャを見ている。

アリアナとキツネの姿《すがた》を見つけたターシャは、手をふった。

アリアナが手をふり返してくれた。そのとき、小川の向こう岸の何かにアリアナの目が向いた。アリアナは、うれしそうに目をみはると、一匹《ぴき》のユキウサギを

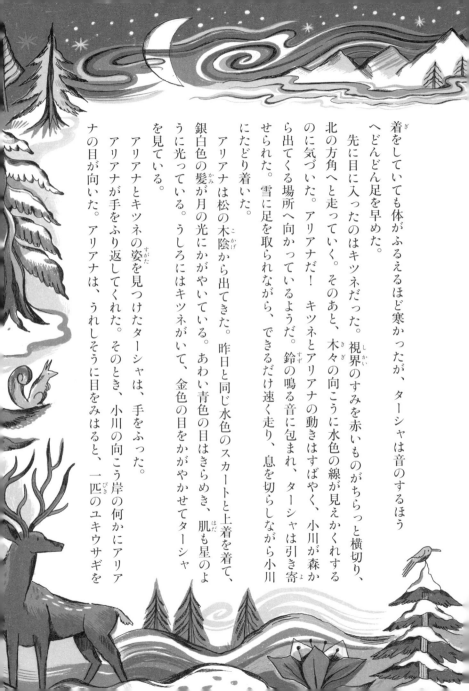

指さした。ハリエニシダのしげみの根元で雪をほっているようだ。ターシャはウサギをじっと見つめた。あとから絵にかけるように、細かいところまで覚えておきたかった。やわらかそうな毛と長い耳。いつでも逃《に》げられるよう身がまえているのに優雅《ゆうが》な脚《あし》。

ウサギは何かをかじっていたが、すっと立ちあがった。ウサギがアリアナとキツネを見たので、ターシャは思わず息をとめた。逃《に》げていってしまうと思ったからだ。でも、ウサギはまた頭をさげてかじり続けた。何も目に入らなかったのか、アリアナたちがいても気にならないのか。

ウサギはおなかいっぱいになるまで食べると、音も立てずにはねて、行ってしまった。アリアナはターシャに向きなおり、手でシカの形を作ると、森の中を指さした。

ターシャは、煙突《えんとつ》から煙《けむり》がのぼる家のほうをちらっとふり返った。心配ごとがつまって息をするのも苦しいあの家には、もどりたくなかった。

両親もおじいちゃんも、ひどくつかれていて目を覚まさないだろう。わたしがいなくなっていても気づかないはず。ターシャはアリアナとキツネに向きなおり、うなずいた。

アリアナはほほえんで、ターシャにこっちにおいでよと手まねきした。ターシャが近づくにつれて、雪をかぶった松の木陰《こかげ》に、大きな影《かげ》が見えてきた。そして、きらきらかがやく丸いものがふたつ——目だ！

「そこにいるのは、何？」

思わず声がもれた。

月明かりの中に、一頭のトナカイが現《あらわ》れた。背《せ》がターシャより高く、ふさふさの毛はうす灰色《はいいろ》と白だ。銀白色の巨大《きょだい》で重そうな枝角《えだづの》が頭にのっている。キツネは仲のいい友達のようで、トナカイにかけよった。

トナカイは、川岸に積もった雪にひづめをしずみこませつつ、近づいてきた。よく見ると、水色の手綱《たづな》をつけ、水色のそりを引いている。どちらもたくさんの小さな銀の鈴《すず》で飾《かざ》られていた。ターシャが家を出たときに聞こえた鈴《すず》の音は、これだったのか。

そりのふかふかとしてすわり心地のよさそうな青い座席《ざせき》を見て、ターシャの顔に笑みが広がった。『カニ爪《つめ》岩』の出来事以来はじめて、ターシャは探検《たんけん》に行きたい、冒険《ぼうけん》に出たい、と胸《むね》が高鳴った。

トナカイはアリアナの目の前でとまった。

「フョードル」

雪のように静かなアリアナのささやき声だった。アリアナは手をのばして、トナカイの背中《せなか》や肩《かた》をなでる。アリアナはターシャを見て、同じことをしてごらんと、身ぶりでさそった。

ターシャはミトンをぬいだ。指が痛《いた》くなるほど空気が冷たい。フョードルの首の周りのふさふさした毛に手をあてる。上のほうはごわごわした毛だけれど、下毛は羊毛のようにやわらかい。ターシャはフョードルの丸く茶色い目を見て、こんなにやさしい目を今まで見たことないな、と思った。

アリアナはそりに飛び乗ると、手綱《たづな》を取った。

ターシャはちょっとためらってからミトンをはめると、そりに乗りこみ、アリアナのとなりにすわった。キツネは優雅《ゆうが》な弧《こ》をえがいてジャンプし、ターシャとアリアナのあいだにすとんとおさまった。キツネの体の温かさが伝わってきて、ターシャはうれしくって笑ってしまった。

アリアナが手綱《たづな》をピシッと鳴らすと、フョードルは歩きはじめた。そのうしろでそりが左右にゆれる。アリアナが手綱《たづな》を左に引くと、フョードルはぐるっと回り、森の中へと入っていった。

フョードルは木をよけながらゆっくりと歩き、しかし西の方角へとまよわずに進んでいく。枝《えだ》のあいだからさしこむ月の光を浴びて、雪は銀色にかがやき、木々《きぎ》の影《かげ》が重なりあっている。アリアナは雪におおわれたオークの木の高いこずえにリスを見つけ、ターシャはトウヒの木の根元でえさを探《さが》しているウサギの小さな群れを見つけた。

松林の近くでそりはとまった。アリアナがターシャに顔を近づけ、木の下にいる何かを指さす。アリアナの体から冷気が立ちのぼる。ぞくぞくっと寒気がして、ターシャは身ぶるいし、ぼうしを耳の上まで引っぱりおろした。そのとき、ジャコウジカが視界《しかい》に入ってきて、はっとした。背《せ》はターシャの腰《こし》辺りまでしかない。松の葉をかじっている。ジャコウジカの口からは、二本の長い犬歯が下向きに生えている。牙《きば》のようなこの犬歯のせいで「バンパイアのシカ」とも呼《よ》ばれていると、ターシャは本で読んだことがあった。この歯は食べるためではなく、自分の身と巣を守るために使うらしい。

ターシャはジャコウジカが草を食《は》むのを見守った。めったに見られないおくびょうな動物に出会うなんて運がいい。今、このジャコウジカにおびえているそぶりは見えない。シカがおくびょうとは、つまり用心深いということ。だから安全だとわかれば、大胆《だいたん》になる。自分に置きかえて考えると理解《りかい》できる。アリアナやキツネといっしょだと安全だから、ターシャもおくびょうじゃなくなる。

ジャコウジカの目と毛は灰色《はいいろ》がかった茶色で、のどとあごに白い斑点《はんてん》があり、大きな耳の毛はふさふさしている。ターシャはまたミトンをぬぎ、ポケットからそっとスケッチブックと鉛筆《えんぴつ》を取り出した。指はかじかんでいたけれど、ジャコウジカの特徴《とくちょう》を少しでも紙にとどめておきたかった。どうにか顔と大まかな体の輪郭《りんかく》をかいたところで、ジャコウジカは林の中へと消えていった。

アリアナはターシャに向きなおって、森のさらに奥《おく》を指さした。ターシャはミトンをはめると、両腕《りょううで》を胸《むね》の前で組んで少しでも温まろうとした。寒くてふるえ出してしまったけれど、家にはまだ帰りたくない。アリアナに、うんとうなずき、いっしょにそりに乗りこんだ。


昨夜と同じように、ターシャは時間がたつのを忘《わす》れた。アリアナとキツネとターシャを乗せたこのそりは、永遠《えいえん》にこの森を走り続けるんじゃないだろうか。木には何匹《なんびき》もリスがいたし、高い枝《えだ》から枝《えだ》へとモモンガが飛ぶのも見た。キイチゴのしげみのあいだのせまい道を進もうとしているアナグマや、空き地にあった倒木《とうぼく》にのってこちらをじっと見つめているクロテンも見られた。クロテンの毛は、冬毛の白と夏毛の黄金色がまざっていた。動物に出くわすたびにターシャは感動した。アリアナの目にも自分と同じ喜《よろこ》びがうかぶのが見てとれた。

ターシャはひとこともしゃべらず、音も立てなかった。森の動物をこわがらせたくなかったからだ。ターシャとアリアナは思ったことや感じたことを目や身ぶりで伝えあった。ときには、ターシャはミトンをぬぎ、目の前の光景を急いでスケッチした。そうして、アリアナと絵を通して感動を共有した。

でも、しばらくするとターシャの手はこごえてかけなくなってしまった。指がかじかんで何度も鉛筆《えんぴつ》を落とすので、ミトンをはめてまた両腕《りょううで》を胸《むね》の前で組んだ。体がガタガタふるえ、氷のような空気をすって肺《はい》が痛《いた》い。

アリアナは座席《ざせき》のうしろからやわらかい白い毛布《もうふ》を引っぱり出し、ターシャをくるんでくれた。それから手綱《たづな》を引き、フョードルを東の方角へと向かわせた。

おじいちゃんの家へ帰るんだね。ターシャの心はしぼんだけれど、寒すぎてこれ以上は外にいられないとわかっていた。ありがとう、とアリアナに向かってほほえむ。家に着くまで、この毛布《もうふ》がふるえをとめてくれるといいな。

ターシャはおじいちゃんの家を思いうかべた。これまで、ターシャはあそこが自分の家とは考えていなかった。あくまでも、おじいちゃんの家。ターシャやパパとママは、期間が決まっていないだけで、お客として滞在《たいざい》しているのだと思っていた。だけど、横にアリアナがいて夜の冒険《ぼうけん》から家にもどっている今、あの家は自分の家だと心から思えた。暖《あたた》かくて安心な帰るべき場所。家族が待っているわが家。

ターシャは、家での心配ごとのあれこれを思いうかべた。重苦しい空気のせいで、今夜、逃《に》げだしたくなったことも。でも、こういう心配ごとって、家の中のみんながおたがいを思いやっているから生まれるんじゃないのかな。そこまで考えたとき、ターシャは、突然《とつぜん》、気がついた。パパとママとおじいちゃんを心の底から愛している。そう思うと体の芯《しん》がじんわりと温かくなった。

そりにやさしくゆられ、ターシャはうとうとした。あらゆるものが銀色にかがやき、アリアナの顔もきらめいている。アリアナはヤギの放牧地のそばにそりをとめると、ターシャにさよならと手をふって去っていった。

ぬれた服をぬいで、ふるえながらも幸せな気持ちでベッドにもぐりこむころには、夢《ゆめ》と現実《げんじつ》の境目《さかいめ》がまたぼやけはじめた。ううん、かまわない。あの『カニ爪《つめ》岩』の出来事があって、おじいちゃんの谷に来てから、やっと幸せな気持ちになれたんだ。それが何よりも大切。

ターシャが閉《と》じこもっていた殻《から》が開き、かかえていた不安を風がふき飛ばしてくれた。解放《かいほう》され、元の自分にもどれそうな気がする。こわいもの知らずで、探検《たんけん》が大好きで、いとこや友達と楽しく遊んでいた、昔のターシャに。

ターシャは、幸せな気持ちを胸《むね》にぎゅっとだきしめて、かがやきに満ちた深いねむりに落ちていった。

10 深まりゆく冬

あっという間に時が過《す》ぎ、谷の冬はどんどん厳《きび》しくなっていった。こんな寒さを、ターシャは想像《そうぞう》したことがなかった。氷のような空気が肌《はだ》をさし、のどが痛《いた》くなる。いそがしく働いているときでさえ、冷気がずっと胸《むね》の周りにはりついているみたいだ。

この冬、ターシャが手伝える仕事はたくさんあるはずだった。それなのに家族は、ひと休みしてクララやマイカの家へスキーで遊びに行っておいで、といってくれる。ただ、ターシャはまだ不安だった。それに、アリアナという友達ができた。アリアナといっしょにいるほうが、気楽でくつろげる。だから、ターシャはすすめられるたびに首をふって、農場の仕事を手伝うほうがいい、と答えるのだった。

道に積もった雪は雪かきが必要で、窓《まど》にはった氷はけずりとらなければならない。家畜《かちく》の小屋は前よりひんぱんにそうじしてやる必要があった。ヤギやニワトリが寒さにちぢこまり、身を寄《よ》せあって小屋で過《す》ごす時間が長くなったからだ。

農場内の建物の修理《しゅうり》でいそがしくなったパパとママは、いくつかの修理《しゅうり》をターシャに手伝わせてくれるようになった。毎晩《まいばん》、積もった雪の重みで家の屋根のどこかしらに新しいひびが入り、冷たいすきま風が入ってくる。そうすると、おじいちゃんの咳《せき》がひどくなる。すきまを見つけたら、両親がきちんと直すまでのあいだ、ぼろきれをつめておくのもターシャの役割《やくわり》だった。

ターシャはおじいちゃんに、ノナおばさんの薬を飲むよう何度もすすめた。はちみつとワサビ入り咳《せき》どめシロップは効《き》きそうなのに、おじいちゃんには調子のよい日もあれば悪い日もあって、効果《こうか》のほどはわからなかった。調子のよい日には、咳《せき》が少なく息も楽そうで、家畜《かちく》の世話をしたり農場の周りを少し散歩したりできた。調子の悪い日には、何時間もねこむ。ぜいぜいと苦しそうな息づかいで、本当につらそうだった。

調子のよい日も悪い日も、日がしずんで夕食が終わるころには、おじいちゃんも両親もねむそうだった。一方ターシャはというと、早く夜になって家をぬけだし、アリアナと会いたくてうずうずしていた。

ターシャは、両親やおじいちゃんにアリアナのことを話したほうがいいとはわかっていたけれど、ちょうどいいタイミングがなかなかやってこなかった。それに、そもそも信じてもらえそうにない。

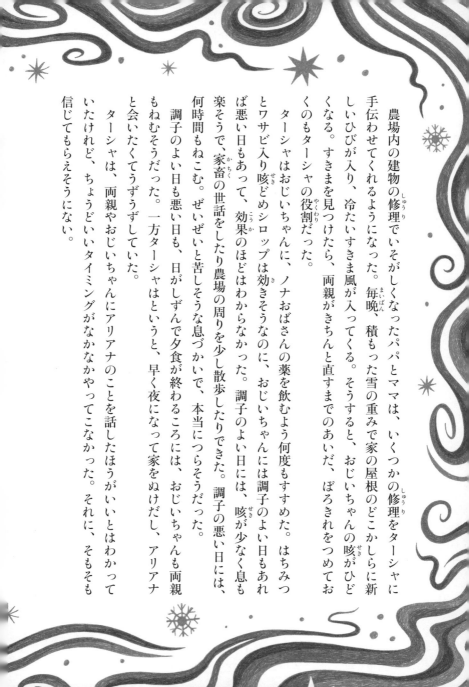

家を出て、きらきらかがやく雪の上を歩いていくと、体が軽くなる気がする。あらゆる心配ごとはどこかへ散っていき、月に照らされた冬の森で見るもの、聞くものが、ターシャの心を満たしてくれるのだった。

毎晩《まいばん》、ターシャはアリアナやキツネといっしょに過《す》ごした。森の中を歩くときもあったけれど、たいていはフョードルの引くそりに乗った。あちこちを見て回り、そのうちターシャは、どんな小道や、木、鳥の巣、そして巣穴《すあな》にもくわしくなった。

ターシャのスケッチブックは、アリアナといっしょに見た動物たちの絵でいっぱいになった。ふたりはほとんどの時間を、だまったまま、フクロウやヨタカ、アナグマやキツネ、ウサギ、コウモリやリスなどをながめて過《す》ごした。ときにはシカにも出会ったし、明るい満月の夜に、森の北のはずれを一頭のオオカミが走る姿《すがた》を見かけたこともあった。

真冬が近づいてくると、ターシャはヤマネコにも会いたくてたまらなくなった。おじいちゃんから、真冬になると、ヤマネコは山からおりてつがい相手を探《さが》すと聞かされていたからだ。でも今のところ、雪が深く積もり寒すぎるから、ヤマネコはまだつがい相手を探《さが》さないだろうと、おじいちゃんはいっていた。

冬の夜は何枚《なんまい》服を重ね着しても、冷えこみはきつかった。ターシャは少しでも長くアリアナといっしょにいたくて、ミトンや靴下《くつした》、服のそでやズボンの中にまで、自分の部屋に置いてあったヤギの毛を少しずつつめるようになった。それでもすぐに、歯はガチガチと鳴り、手も足もぶるぶるふるえはじめる。そんなとき、アリアナはターシャをふわふわの毛布《もうふ》でくるみ、キツネは温かい体をぴたりと寄《よ》せてくれる。それから、森の奥《おく》へほんの少しだけ進んでから、そりを方向転換《ほうこうてんかん》させて家へもどるのだった。

いっしょにいる時間をもっと楽しもうと、ターシャは食べ物を少しもってくるようになった。小さな動物たちを巣や穴《あな》からおびきだし、食べる姿《すがた》をアリアナがながめたり、ターシャがスケッチしたりするためだ。ターシャは、家の食料庫にあった種や干《ほ》しブドウをポケットにつめた。うしろめたさに胸《むね》が痛《いた》むことがあったけれど、食料の在庫《ざいこ》はたくさんあったし、ほんの少しもらうだけだ。それに、人間よりも森の動物たちのほうが、食べ物を必要としていそうだった。冬が深まるとともに、動物たちはどんどんやせ細っていったから、えさを見つけるのに苦労しているにちがいなかった。

ある夜、アリアナは森の空き地にフョードルをとめた。星空を指さしてから、素手《すで》で雪を集め、山を作りはじめる。アリアナが何をしているのかわからなかったけれど、手伝いたくて、ターシャはしゃがんでアリアナのまねをした。力を合わせて、ドーム型《がた》の小さな雪の家を完成させた。ちょうどふたりが身をかがめれば入れる大きさだ。アリアナはふわふわの毛布《もうふ》を取ってきて、ターシャをくるんでくれた。

　雪の家の入り口から、アリアナは空を見上げた。何かが起きるのを待っているらしい。ターシャはアリアナの視線《しせん》の先を追う。好奇心《こうきしん》と期待で胸《むね》が高鳴る。一羽のフクロウが飛んでいき、流れ星がひとつ空をよぎった。そして、少したってから、流星群が出現《しゅつげん》した。降《ふ》りそそぐまばゆい光と美しさに、ターシャは感動のあまり息をするのも忘《わす》れて、光りかがやく空を見つめた。

　流星群を見た翌朝《よくあさ》、ターシャは寝坊《ねぼう》した。おくれて朝食の席につくと、おじいちゃんが話しかけてきた。

「今朝、クララが馬のジノヴィーに乗って、共同納屋《なや》に向かうのを見たぞ。スキーをはいて追いかけたらどうだ？　おしゃべりしたり雪で遊んだりしたらいいんじゃないか。いっしょにジノヴィーにも乗ったらどうだ？」

　ターシャはおじいちゃんの言葉にひどく動揺《どうよう》した。ここ何週間かでいちばん不安に感じた。クララがジノヴィーに乗って、雪の谷あいを猛《もう》スピードで走る姿《すがた》を見たことがある。とてもじゃないけど、あんなふうに乗れるとは思えない。ジノヴィーは勢《いきお》いよく走るから、ひづめが雪をけちらかすし、氷の雲も巻《ま》きあがる。

きっと、不安そうな表情《ひょうじょう》をうかべていたにちがいない。おじいちゃんは馬に乗るという思いつきを忘《わす》れてくれといいたそうに、手をふった。

「クララと少し会うだけで楽しいんじゃないかと思ってね。マイカの家までふたりで歩いていってもいいかもな」

「今日、すごくつかれてるの」

ターシャがつかれているというのは本当だ。昨日の夜のつかれが残っていたし、今夜またアリアナやキツネと出かけるために、体力を残しておきたかった。でも、そう返事をしながらも、悲しくなったのも本当だった。心のどこかでは、勇気を出してクララといっしょにジノヴィーに乗りたいと思ったから。ターシャはため息をつき、クララと馬のことは考えないことにした。

その夜、ターシャが家を出ると、鈴《すず》の鳴る音がいつもより速く、大きく聞こえてきた。ターシャはヤギの放牧地を急いで横切った。また雪が降《ふ》っていた。近づくにつれて、鈴《すず》の鳴る音は大きくなる。加えて別の音も聞こえてきた。地面を打つどすんどすんという音がひびいてくる。

そのどすんという音が大きくなるにつれて、ターシャの胸《むね》のどきどきも速くなった。雪の雲がうずを巻《ま》きながらこちらへやってくる。ちょうど、クララの馬がひづめで雪をけちらして、氷の雲ができるときみたいだ。ターシャはこわくなり、一歩あとずさりした。引き返そうとしたとき、雪の雲の真ん中にいるアリアナの姿《すがた》がちらっと見えた。いつもの水色のそりに乗って、手綱《たづな》をにぎり、かたわらにはキツネがいる。でも、そりを引いていたのはトナカイのフォードルではなかった。そりを引いていたのは、ターシャがこれまで見たこともないほど美しい馬だった。ターシャより背《せ》が高く、銀色の毛なみがつややかだ。長いたてがみとしっぽを流れ星のようになびかせている。流れ星より速く走っているのだろうか、あっと思う間もなく、美しい馬は目の前にやってきた。アリアナが手綱《たづな》を引いたので、馬はついと首をもたげてとまった。

馬の鼻の穴《あな》からは、湯気《ゆげ》のような白い息をふきだしている。銀色がかった青い目が、長い銀色のまつげの向こうから、ターシャをじっと見つめてくる。

ターシャはその目を見つめ返すと、すっかり圧倒《あっとう》され、こわくなった。こんなに足の速い馬が引くそりに乗る勇気は出そうにない。それなのにアリアナはそりから飛びおり、うれしそうにはずむ足取りでターシャにかけよって、北の方角にある山々《やまやま》を指さす。

不安になったターシャはくちびるをかんだ。この馬は森の向こうの山まで連れていってくれようとしているんだ。アリアナと行くのは楽しいだろうけど、ターシャは自分がそれにたえられるか自信がなかった。

アリアナは、ターシャに手まねきし、馬にさわってごらんとさそった。

「ティムール」

雪が降《ふ》るときのような、アリアナのいつものささやき声。

ターシャはおずおずと近づいた。ティムールは、ものすごく力もちみたいだけれど、性格《せいかく》はおとなしそうだ。ターシャがミトンを片方《かたほう》ぬいで手をのばし、肩《かた》をそっとなでても、じっとしている。

アリアナはそりに飛び乗ると、いっしょに行こうともう一度手まねきした。

ついに、不安よりそりに乗りたい気持ちのほうが勝った。ターシャは深呼吸《しんこきゅう》をして、そりに乗りこんだ。

11 氷の洞窟《どうくつ》

ターシャはそりに乗り、キツネのとなりにすわった。アリアナが手綱《たづな》を取り、ティムールの向きを変えさせる。西に向かって進みはじめると、ティムールは速度をあげ、ひづめをとどろかせて雪をけちらした。ターシャは反動でぐいっとうしろに引っぱられて、そりのふちをぎゅっとつかんだ。体のすべての筋肉《きんにく》が緊張《きんちょう》している。

すぐに小川に着くと、そりは北へと向きを変え、松林の氷におおわれた暗がりに入っていった。ターシャは恐怖《きょうふ》と喜《よろこ》びの入りまじったさけび声をあげた。ティムールは森の奥《おく》へとかけながらすばやく木をよけるので、それに合わせてそりは右へ、左へとかたむいた。そりのゆれに合わせてアリアナの体も、星のようにかがやきながらゆれている。

そりは森を猛《もう》スピードでかけぬける。すぐに、木々《きぎ》のあいだから森の北にある山のむきだしの斜面《しゃめん》に出た。目の前に急に開けた土地が現《あらわ》れて、ターシャはとてもおどろいた。夜空いっぱいにまたたく星がきれいだった。

ティムールは、まだだれも足をふみ入れていない雪の上を走っていった。山がけわしくなってきても、速度をゆるめるどころか、上へ上へと、どんどんのぼっていく。ターシャは感極まって、わあっと大きな声でさけんだ。雪が降《ふ》りはじめ、ふわふわした大きな雪の結晶《けっしょう》が、そりの周りをくるくるとまう。高くのぼるにつれて気温がさがっていることに気がついたけれど、興奮《こうふん》しているせいか、寒さを感じない。

明るい青と白にきらめく何かが視界《しかい》のすみを横切り、ターシャはふり返った。

山の中に氷がうまっている？　あれは、滝《たき》がこおっているんだ！

ティムールは滝《たき》の横の急な斜面《しゃめん》をかけあがった。小さな松林をぬけると、ふたたび雪の積もる開けた土地に出た。目の前にけわしい崖《がけ》がそびえ、その崖《がけ》の黒い岩の表面にひとすじの雪と氷がはりついている。

ティムールは軽快《けいかい》に走り続けた。ジグザグに崖《がけ》をのぼり、岩にひづめがあたる音が鳴りひびく。途中《とちゅう》、ターシャは、せりだした岩の下に洞窟《どうくつ》がかくれていることに気がついた。大きな洞窟《どうくつ》だった。共同納屋《なや》と同じくらいの高さと幅《はば》がある。ティムールは速度をゆるめて洞窟《どうくつ》の入り口に近づくと、そりを静かに引いて中に入っていった。

洞窟《どうくつ》では、ターシャの腕《うで》ほどの長さがあり、するどい牙《きば》のように見えるつららが、何千本も整然とならんで天井からぶら下がっている。

「信じられない」

ターシャは思わずつぶやいていた。はく息が白い雲になる。その声は洞窟《どうくつ》の中でひびき、氷の壁《かべ》にあたってはね返って、天井のつららにぶつかりあい音を鳴らす。

アリアナはそりからおり、洞窟《どうくつ》の奥《おく》を指さした。そこには、さまざまな大きさの丸い洞《ほら》がいくつも見える。

ターシャは身ぶるいした。寒さのせい。そしてなんだかよくない予感がするせいだ。ここはだれも知らないし、おじいちゃんの農場からずっとはなれている。ターシャは少しでも温まろうと体を小さく丸め、不安をやわらげようとした。深呼吸《しんこきゅう》したら、空中をただよう氷の粒《つぶ》をすいこんで胸《むね》が痛《いた》くなったので、ターシャはマフラーで口の周りをおおった。

地面はこおってすべりやすく、ターシャは足をふみ出してすぐに転びかけた。あわててアリアナがかけつけ、ターシャの腕《うで》を取ってくれたので、転ばずにすんだ。何枚《なんまい》も重ね着をしていても、アリアナがふれたところから冷たさが伝わってくる。転ばずにすんではほっとしたターシャは、アリアナのあとについて、洞《ほら》のひとつに近づいた。それは小さめの洞窟《どうくつ》で、おじいちゃんの家の居間《いま》くらいの大きさだった。アーチ状《じょう》の壁一面《かべいちめん》に氷がはりついている。ターシャは歩くのをやめ、洞窟《どうくつ》内の地面を見つめた。そこには、氷でできた花がところせましとさいていた。

氷の花には、ターシャの小指くらいの小さなものもあれば、腰《こし》に届《とど》くほどの大きさのものもある。どれも、ターシャが見たことのある花とはちがっていた。雪の結晶《けっしょう》にどこか似《に》ていて、先がとがっていたり、複雑《ふくざつ》な模様《もよう》で左右対称《たいしょう》だったりする。星のような形の花もあれば、流星群のように一本の茎《くき》からはじけ飛んでいるように見える花もあった。

繊細《せんさい》にきらめく氷の花を見て、ターシャは目をかがやかせた。

「どういうこと……」

ターシャはつぶやきながら、これらの花がどこから来たのだろうと思いをめぐらせた。どういうわけか、生えてきた？　それともだれかが作った——まさか、ほったの？

アリアナは両手を合わせてカップの形にすると、こっちにおいでという顔をした。

近づいたターシャは、アリアナのてのひらの中に、ティムールのひづめが巻《ま》きあげていたような氷の雲を見た。その雲の中で、たくさんの雪の結晶《けっしょう》がうずを巻《ま》きはじめる。次第に、結晶《けっしょう》はパリパリと音を立てながらひとつに固まっていき、小さくて透明《とうめい》な氷のかたまりになってかがやいた。

その氷は雲の中でかがやきながら、大きくなった。そして、折れそうなほど細い茎《くき》が氷から一本生えてきて、二本に枝分《えだわ》かれし、次は三本になる。それぞれの茎《くき》の先には氷

の結晶《けっしょう》ができ、シダの葉のような花びらになった。氷の花の誕生《たんじょう》だ。あらゆる方向に茎《くき》が次々《つぎつぎ》とのび、アリアナの手の中いっぱいに広がる。

アリアナは合わせていた両手を広げた。その瞬間《しゅんかん》、氷の花は雪の雲の中にうかんだ。

アリアナは親指と人さし指で花の茎《くき》をつまむと、雲にそっと息をふきかけて散らし、氷の花をターシャに見せてくれた。

「なんてきれいなの！」

ターシャは、氷の花の繊細《せんさい》な模様《もよう》にうっとりとした。アリアナの手の中の花から、洞窟中《どうくつじゅう》にさく花へと視線《しせん》をうつす。

「これ全部、アリアナが作ったの？」

アリアナはうなずく。しゃがんで、今できたばかりの花をほかの花のあいだに置いた。茎《くき》がたちまち地面にこおりついて、このきらきらかがやく氷の庭に最初から生えていたみたいになった。アリアナは得意《とくい》げにほほえむと、また立ちあがって、ターシャのポケットを指さした。いつもスケッチブックと鉛筆《えんぴつ》を入れているポケットだ。

きっと、アリアナは氷の花を絵にかいてほしいんだ。ターシャはスケッチブックを取り出すと、いちばん近くにある花をかきはじめた。けれど、アリアナはターシャの前に来て視界《しかい》をさえぎり、首を横にふった。ターシャの目を指さしてから、指を開いて花が

さいているような形を作る。

「わたしがこれまでに見た花を絵にかいてほしいんだね」

ターシャは小声でいうと、スケッチブックをめくって新しいページを開いた。

アリアナは、しきりにうなずく。

ターシャは忘《わす》れな草《ぐさ》をかいた。お気に入りの花だ。前の家の周りにさいていて、暖《あたた》かく晴れた日の海のような青色をしている。次に、忘《わす》れな草《ぐさ》がどれほど小さいか強調したくて、満開のケシの花を大きくかいた。さらに、バラ、クロッカス、スイレン、ユリ、ヒナギクにキンポウゲ、セージやカモミールもかいた。

ターシャのスケッチブックに花がさくようすを、アリアナは見守った。ターシャが魔《ま》法《ほう》をかけているみたいに、ページに目がくぎづけになっている。今度はスノードロップをかいた。細長い葉が広がった上に、つりがね形をした花が優雅《ゆうが》にたれている。アリアナは、はっとして絵を指さした。スノードロップを知っているようだ。

「スノードロップだよ。春に最初にさく花なの。真冬が過ぎると雪をおしのけてさくから、春が近づいてることがわかるって、おじいちゃんがいってた」

アリアナはうなずいた。絵を指さしたまま、もう片方《かたほう》の手の指を動かして、スノードロップの花がさくようすを表す。それから、指先で自分の胸《むね》にふれると、両腕《りょううで》を高くあげ手を大きく開いて、くるりと回った。何かを空気にまき散らすような仕草だ。

ターシャは鉛筆《えんぴつ》を落とした。そんなことって。アリアナの仕草の意味がわかったけれど、受け入れたくない。

「スノードロップが、さくと……」

ターシャがもらした言葉に対して、アリアナはもう一度、自分の胸《むね》にふれてから、手を高くあげる。今度は、雪がいっしょにまい散った。

「スノードロップが、さくと……」

アリアナがターシャの言葉をくり返す。やさしいささやき声が耳に心地よい。ターシャは息をとめ、ひとことも聞きもらすまいと、じっと耳をすませた。めったにしゃべらないからこそ、アリアナの言葉はかけがえのないものだ。

「……わたし、消える」

アリアナはそういって、口を閉《と》じた。

周りをただよう氷の結晶《けっしょう》がパリパリと音を立てる。アリアナがいなくなると思うと、体の芯《しん》につららがつきささったみたいに胸《むね》が痛《いた》む。アリアナに、ずっといてほしいとお願いしたかった。アリアナが友達になってくれて、本当にうれしい。アリアナに会う前のさびしい生活にはもどりたくないと、うったえたかった。

いいたいことがあるのに、言葉はひとつも出てこない。涙《なみだ》で目がちくちくする。片手《かたて》の指先で自分の胸《むね》にふれてから、もう片方《かたほう》の手をのばして、指先をアリアナの胸《むね》に重ねてから、両手の指を組みあわせた。

「アリアナは、わたしの親友だよ」

やっといえたのは、そのひとことだけ。どうかずっといっしょにいてほしいと、思いのたけを伝えたかったのに。

アリアナはほほえんだけれど、目には心配そうな色がうかんでいた。ターシャのスケッチブックと鉛筆《えんぴつ》に手をのばし、使ってもいいか聞きたそうにターシャを見る。

ターシャはうなずいて手わたした。アリアナはちょっとだけどうかこうかと考えていたけれど、やがて単純《たんじゅん》な線でターシャの顔をかきはじめた。黒い目、悲しそうなまなざし、まゆの上のかすかな傷《きず》あと、思いつめた重苦しい顔つき。ターシャは悲しくなった。『カニ爪《つめ》岩』での出来事の前は、わたしはいつもきげんよくにこにこしている子だったし、ちょっとしたことで声をあげて笑っていた。

アリアナは、続けてターシャの長く黒い三《み》つ編《あ》みをかき、顔の片側《かたがわ》にたらした。それから、ターシャのとなりに自分の姿《すがた》をかいた。波打つ長い髪《かみ》、きらきらかがやく目、今にもにっこりと笑いかけてきそうな口元をしている。さらに、いくつもの顔らしきものをかきたしたけれど、ただの丸で、目も鼻も口もない。アリアナはそれらの丸を指さして、不思議そうな顔をした。

ターシャはごくりとつばを飲みこむ。今は遠くにいる、いとこや友達の顔を思いうかべた。『カニ爪《つめ》岩』の出来事のあとは、ほとんど話していない。クララやマイカや、谷に住むほかの人たちの顔も思いうかべた。そもそも、あの人たちとは話したことがない。

「ほかに友達はいないの」

アリアナからスケッチブックと鉛筆《えんぴつ》を受け取りながら、ターシャは小声でつぶやいた。

「ほかの友達は、いらないの」

でも、それは本心じゃないとわかっていたし、アリアナにうそはつけなかった。

アリアナはターシャを見つめた。両手をあげて、理由をたずねる仕草をした。

ターシャの口がかわき、からからになる。『カニ爪《つめ》岩』で何があったのか、あのとき何もかもが変わってしまったことを、思いうかべる。アリアナに知ってほしいし、理解《りかい》してもらいたいけれど、あの日をふり返るのがこわい。

アリアナがはげますように、ターシャのスケッチブックに向かってうなずいた。

ターシャはふるえる指でふたたびスケッチブックを開き、目の前のまっさらなページを見つめた。

あのとき何が起きたかを、絵にかける？　そうやってはき出したら、楽になれる？

言葉で表せないあの日にまつわる思いや感情《かんじょう》を心の奥《おく》から引っぱり出して、真正面から向き合う。はたして、絵にかけるだろうか。

ターシャはまばたきをして、こぼれ落ちそうな涙《なみだ》をこらえた。体がこわばり、動けない。胸《むね》のどきどきが速くなり、感情《かんじょう》が爆発《ばくはつ》しそうで顔が熱くなる。

アリアナがそばへ寄《よ》ってきた。ひんやりとした冷気がアリアナの体から立ちのぼり、ターシャのほてった肌《はだ》を冷やしてくれる。キツネはターシャの足にもたれかかり、その重みに心が安らいでいく。胸《むね》のどきどきが落ちついてきた。ターシャはゆっくりと深呼吸《しんこきゅう》し、スケッチブックに鉛筆《えんぴつ》をあてて、かきはじめた。

12 カニ爪《つめ》岩で

スケッチブックに、ターシャは自分の姿《すがた》をかいた。

「ちょうど一年くらい前、パパとママが、絵を売ってる『ブルー・シェル画廊《がろう》』で展覧《てんらん》会《かい》を開いたの。朝から準備《じゅんび》して、夜おそくまでいなきゃいけなかった」

話しながら、自分の周りに子どもたちをたくさんかく。

「だからその日は、わたしはいとこや友達と一日中いっしょにいることになった。ゲナディおじさんが、パーティーを開いてくれるっていってね、おじさんが料理をしながらほかの大人たちとおしゃべりするあいだ、わたしたちは『カニ爪《つめ》岩』に行くことにしたの。海につき出している長い半島のはしが、カニの爪《つめ》みたいに二手に分かれた地形の岩場で、だから『カニ爪《つめ》岩』って呼《よ》ばれている。いとこも友達も、そこでよくカニをつかまえたり、マテガイをえさにつりをしたりしてた。岩場から身を乗りだすこともよくしてた」

ターシャは、カニの爪《つめ》の地形の岩場に自分の姿《すがた》をかいた。

「わたしはカニをつかまえるのは好きじゃない。でも、深い潮《しお》だまりをのぞくのはおもしろかった。タコやウミウシが見られる場所はそこしかなかったから」

アリアナに見守られながら、ターシャはひとつの潮《しお》だまりをかいた。タコのあしが奥《おく》からもつれながら出てきている。

「わたしは時間がたつのも忘《わす》れて、いくつもある潮《しお》だまりを次から次へと、のぞきこむのに夢中《むちゅう》になった。何時間もたってからようやく、辺りが不気味なくらい静かだって気がついたの。いとこや友達のいた反対側の岩場に行ってみたけど、だれもいなかった。みんな、わたしを置きざりにして帰ってしまったんだ。そのときには潮《しお》が満ちてきて、もう浜辺《はまべ》にもどれなくなっていた」

ターシャは別の絵をかいた。岩の上にターシャがひとりで立って、周りを水に囲《かこ》まれている絵だ。

「海にうかんでいる船もない。遠くの浜辺《はまべ》にもだれもいない。空は灰色《はいいろ》で、雨雲が集まっているのと夕暮《ゆうぐ》れが近づいているせいで、どんどん暗くなっていってね」

ターシャは空に雲をかいてから、鉛筆《えんぴつ》でかいた波を高くかき直した。

「波が岩にぶつかって、冷たい水がつま先までじわじわあがってきた」

ターシャはふるえた。あのときと同じ恐怖《きょうふ》が、まざまざとよみがえってくる。

「『カニ爪《つめ》岩』から浜辺《はまべ》まで泳ぐのは危《あぶ》ないって知っていた。水中にはとがった岩があるし、海の底から氷のように冷たい水がふきだしているし、強い潮《しお》の流れで沖に引っぱられるって、口をすっぱくしていわれてきたから。けど、ほかにどうすればいい？」

ターシャは自分の顔に涙《なみだ》をかいた。

「助けを待ち続けて、何時間もたった気がした。どんどん寒くなっていく。パパとママはまだ画廊《がろう》にいるはずだから、わたしが置きざりになっているなんて知らない。でも、いとこや友達、おじさんやおばさんが、すぐにわたしがいないことに気づいてボートでむかえに来てくれると思った。だけど、空はどんどん暗くなって、だれも来ない。

そのうち雨が降《ふ》りはじめた。うす着だったわたしは、大粒《おおつぶ》の雨でずぶぬれになって、寒くてガタガタふるえた。そしてとうとう、浜辺《はまべ》が見えないくらい暗くなった。潮《しお》がすっかり満ちて、海から出ている岩場はわたしの足とたいして変わらない大きさしかなくなった。もう、ほかに方法はない。わたしは海に飛びこんだ」

ターシャは、暗い海にしずんでいく自分の姿《すがた》をかいた。

「海は氷のように冷たかったけど、ぜったいに海岸にたどり着こうと心にちかって必死に泳いだ。でも、潮《しお》がうしろからも下からも、わたしを引っぱってくる。海の中の岩にぶつかって、ひざやひじもすりむいた」

まゆの上に残る、かすかな傷《きず》あとをさわる。

「そのうち巨大《きょだい》な波にのみこまれた。波が水の中へ引きずりこもうとする。次々《つぎつぎ》と岩にぶつかった。ぐるぐる回って、上と下、海岸と沖の方向もわからなくなった。肺《はい》が空気を求めている。わたしは思った。もうだめ……」

ターシャはゆっくりと息をはいてから、スケッチブックをめくって、新しいまっさらなページを開いた。次もまた波をかき、遠くには海岸をかいた。けれど、あれくるう海に自分がもてあそばれている場面は、もうかきたくなかった。

「何度も水面にうかびあがって、なんとか空気をすおうとしたけれど、そのたびにまた水の中に引きずりこまれた。わたしはつかれきっていった。海水を飲んだせいで、のどと胸《むね》が焼けるように痛《いた》い。助けを求めてさけぼうとしたけれど、声は出ないし、浜辺《はまべ》にはだれもいそうになかった。

あのときのわたしは……いろんな気持ちを同時に感じていた。おびえていた。こわかった。怒《おこ》ってもいたし、悲しくもあった。見捨《みす》てられて、忘《わす》れられた気がして。どうしてだれも探《さが》しに来《こ》ないの？　わたしがゲナディおじさんの家に帰っていないって、だれも気づいてないの？　こんなにもひとりぼっちだと感じたのははじめてだった。それに、海のとんでもない力にもみくちゃにされて、ひどく無力に感じた」

ターシャにもたれかかっているキツネの体の温かさが足に伝わってきた。

ターシャは少し時間を置いて、胸《むね》のどきどきがおさまるのを待った。

「どうやって助かったのかはわからない。ひたすら波と戦い続けたけど、ついに、ひとつの波がわたしを乗せて、海岸のほうへと運んでくれた。浜辺《はまべ》が近いと気づいて、残った力をふりしぼって泳いだよ。そして、やっとつま先が砂《すな》に届《とど》いた。バシャバシャと海からあがり、最後は、はうように砂浜《すなはま》にたどり着いて、その場にたおれこんでしまった。つかれきって体はふるえ、寒さで肌《はだ》がちくちくした。

そのとき、聞きおぼえのある声が、わたしの名前を呼《よ》んでいるのが聞こえた。ママ、パパ、カーチャおばさん、いとこや友達の何人かだった。忘《わす》れられていなかったんだね。よろよろと体を起こし、返事をしようとしたけれど、口から海水が飛び散るだけだった。それでもママはわたしの声が聞こえたらしくって、こちらへ走ってきた。わたしをだきかかえたママの腕《うで》は温かかったし、パパもやってきてコートでわたしをくるんでくれた」

ママに連れられて浜辺《はまべ》を歩いていく自分の姿《すがた》をかく。ほっとしたターシャの目から、熱い涙《なみだ》が流れ落ちた。ターシャとママのそばには、パパ、カーチャおばさん、いとこや友達も何人かいる。ターシャは小声で続けた。

「みんながあやまってくれた。いとこや友達は『カニ爪《つめ》岩』から帰るとき、わたしがいないって気づかなかったらしいの。ゲナディおじさんの家まで歩いて帰ってからはパーティーでみんないそがしくて、しばらくしてからやっとだれかが、わたしがいないって気がついたみたい。すぐにみんなは浜辺《はまべ》にわたしを探《さが》しに行った。ふたりのいとこが画《が》廊《ろう》にパパとママを呼《よ》びに行った。それからゲナディおじさんがボートを出した」

ターシャは『カニ爪《つめ》岩』に向かうボートをかいた。

「海に入らずにもう少し待っていたら、ゲナディおじさんに助けてもらえたのかもしれないけれど……」

ターシャの声は小さくなり、もう一度傷《きず》をさわってため息をついた。この出来事をめぐって、ターシャはずっと怒《いか》りを感じていた。置きざりにしたいとこや友達に。姿《すがた》が見えないことにすぐに気がつかなかったおじさんやおばさんに。危険《きけん》なことをした自分自身にも。けれど今、アリアナにすべてを打ち明け、ターシャの心は軽くなっていた。

かき終わった絵を見つめる。自分をだきしめるパパとママ、そばにいるいとこや友達、おじさんやおばさん。ひとりぼっちだと思っていたけれど、そうじゃなかった。みんなはターシャを大切に思って、探《さが》してくれていた。そして、最悪の事態《じたい》は起きなかった。

ターシャはもうこれ以上、怒《おこ》っていたくなかった。あまりに長いあいだ、怒《いか》りをかかえすぎていた。おなかで炭のように熱くくすぶる怒《いか》りを、もう、手放そうと思った。

「パパとママに連れられて、家へ帰った」

ターシャは話し続けた。浜辺《はまべ》のそばの家と、その上に三日月をかく。

「ふたりは、わたしの体を洗《あら》って、切《き》り傷《きず》やすり傷《きず》に薬をぬって、いちばんひどかった頭の傷《きず》には包帯を巻《ま》いてくれた。温かいスープとパンをもってきて、わたしを毛布《もうふ》にくるんでだきしめてくれた。何が起きて、どう感じたかについて聞いてくれた。

でも、自分の気持ちを言葉でいうのはむずかしかった。感じたことを全部説明するには、言葉だけじゃ足りなかった。どうすればふせげたのか、考え続けていた。いとこや友達が帰るときに気づけたはずだったし、潮《しお》が満ちてくるのにも気づけたはずだった。結局、わたしはそもそも『カニ爪《つめ》岩』に行くべきじゃなかったという結論《けつろん》に達した。これからはもっと用心深くなろうと心に決めた。ずっと安全な場所にいて、いとこや友達とは二度と出かけないって。もうだれも信じられなくなっていたの。

パパとママは、わたしの気持ちは理解《りかい》できるといってくれた。おそろしい体験だったはずだし、不安が消えて、元の自分にもどるのには時間がかかるかもしれないって。でも……」

ターシャは、体を小さく丸めた。心にうずまく不安と痛《いた》みから自分を守りたかった。

「一年以上たっても、まだ元の自分にもどった気がしない。切り傷《きず》やすり傷《きず》は治ったけど、わたしの中の何かがこわれてしまったみたい。不安な気持ちはなくならないどころか、どんどん大きくなっていく。もう今では、なんでもこわく感じるようになってしまったの」

ターシャは顔をあげて、氷におおわれた目の前の壁《かべ》を見つめた。涙《なみだ》がこみあげてくる。

「海や、厚《あつ》い雲がこわい。とがった岩やぬれた砂《すな》がこわい。ひとりでいるのがこわい。人といるのもこわい。友達を作るのがこわい。わたしを忘《わす》れて、置きざりにするかもしれないし。何もかもがこわい。そして、あまりにも長いあいだこうだったから、どうしたらいいのかわからない」

ターシャはスケッチブックを閉《と》じて、ポケットにしまった。心の中にあるとほうもなく大きな不安は絵では表せなかった。不安が大きすぎるせいで、ターシャは殻《から》に閉《と》じこもってしまった。ソルトベリーの浜辺《はまべ》や入江《いりえ》を探検《たんけん》したり、潮《しお》だまりを観察したり、海で泳いだり、いとこや友達と遊んだりするのが大好きだったのに、全部やめてしまった。

おじいちゃんの家に引っこしてからは、農場の外へは出なかった。本当は森や山を探《たん》検《けん》したかったのに。クララやマイカとも会わないようにしていた。ふたりがターシャと友達になりたがっていると知っていたし、心の奥底《おくそこ》では、ターシャも仲よくなりたかった。殻《から》に閉《と》じこもりすぎて、『カニ爪《つめ》岩』の上にいたときよりも、もっとひとりぼっちだと感じていた。最悪なのは、この一年間、不安のあまり、自分で作りだした冷たくさびしい世界に閉《と》じこもっていたことだったのではないか。

アリアナは二本の指でターシャのコートのそでに、そっとふれた。アリアナが寄《よ》りそっているとわかるくらいの近さで、アリアナの肌《はだ》から立ちのぼる冷気でターシャが寒くならないくらいの遠さから。

どれくらいの時間、アリアナやキツネといっしょに、だまったままそうやっていたのだろう。ターシャは深呼吸《しんこきゅう》をした。これからどうすればいいか、はっきりとはわからない。でも、これだけはわかった。友達や冒険《ぼうけん》や喜《よろこ》びに満ちた毎日を取りもどすには、不安に向き合って、もう一度、外の世界にふみ出さなきゃいけない。前に進むんだ。

13 湖にて

ターシャはアリアナに向きなおって、消え入りそうな声でいった。

「もう、こわがるのはいや。アリアナといっしょにいると勇気が出るの。でも昼間、アリアナがいないあいだは、やっぱり不安でいっぱいになる。そうなると、おじいちゃんの農場をはなれるとか、ほかの子に話しかけるとか考えただけで、パニックになっちゃう。友達がほしい、探検《たんけん》や冒険《ぼうけん》がしたい。だけど、不安じゃなくなるにはどうすればいいのか、わからない」

アリアナの目がかがやき、ターシャに手まねきしてそりにもどるよう合図した。ターシャの胸《むね》に、好奇心《こうきしん》がわいてきた。キツネが先に飛び乗り、アリアナとターシャがすわると、ティムールはさっきよりもゆっくりと走り出した。

ティムールが崖《がけ》からそりを西方向へと引くと、すぐにこおった滝《たき》の前にやってきた。近くで見ると、完全にこおっているわけではなかった。浅い流れが青と白の分厚《ぶあつ》い氷の上をちょろちょろと流れ、滝《たき》つぼに向かっている。滝《たき》つぼは、うすいガラスのような氷がふちにはっているだけだ。滝《たき》つぼの奥《おく》では、細い小川が崖下《がけした》の森や谷に向かって流れ落ちている。

ティムールがとまり、アリアナはそりからおりて滝《たき》つぼのふちにしゃがみこむ。ターシャもおりて、アリアナの横に立った。水にうつったふたりの姿《すがた》がいっしょにゆれる。

アリアナは滝《たき》つぼに指を入れてから身を乗りだして、腕《うで》全体を水に深くしずめた。水に落ちるんじゃないかと心配で、ターシャはアリアナの体をつかもうと手をのばした。

けれどそのとき、アリアナは水から腕《うで》を出して立ちあがり、その手を開いた。

アリアナのてのひらには、つるつるの石がのっていた。丸い平らな石で、星の光を浴びて青白く光っている。アリアナはその石をターシャにさしだした。

われやすい卵《たまご》をもつときのように、ターシャはその石をそっと受け取った。絹《きぬ》のようになめらかな手ざわりだ。石をにぎっていると、ターシャの気持ちが落ちついていく。雪がゆっくりとまっていた。雪の結晶《けっしょう》ひとつひとつがターシャに話しかけてくる気がした。周りの世界を聞いて、見て、感じなさい、とその声がいっている。

ターシャは目を閉《と》じた。冷たい風が、はるか北からふいてくるのを感じる。こおりついた滝《たき》の上を流れる水の音がかすかに聞こえる。滝《たき》つぼのふちで氷が広がっていく、パリパリという音も。南の森のほうからフクロウの鳴き声がする。近くでは、小動物がカサコソと動く音がするし、雪の下にある巣穴《すあな》からのにおいも感じる。

え？　一瞬《いっしゅん》、動物のやわらかい大きな足が、氷をふむ音が聞こえたような気がした。ふいてくる風の中に、ふんわりとジャコウのにおいがする——ヤマネコなの？

ターシャは目をぱっと開いて崖《がけ》をふり返ったけれど、降《ふ》りしきる雪の向こうには何も見えなかった。

「これは、魔法《まほう》の力？」

ターシャは石をもちあげてアリアナを見た。この石には特別な力があるのかな。心が落ちついて、勇気がわいてきた気がする。この石は、わたしを強くしてくれるのかもしれない。

アリアナは笑って首をふった。石を指さしてから、ターシャの目と耳、胸《むね》を指さす。何がいいたいのかわかって、ターシャはうなずいた。そんなにちぢこまらなくていいんだって。自分の殻《から》に閉《と》じこもっていないで、周りにいる人たちにもっと心を開こうって。そうしたら、不安や心配ともうまく折りあいをつけられるようになるだろうって。この石を見たら思い出そう。

「魔法《まほう》」

アリアナはま・ほ・うとオウム返しにいった。アリアナがいうと、雪が降《ふ》るときの音にも、氷がチリンと鳴る音にも、松の葉が風にカサカサゆれる音にも聞こえる。アリアナは前かがみになり、滝《たき》つぼにもう一度指先をひたすと、ぐるぐるとかきまぜた。白い結晶《けっしょう》が指先から広がり、水の上を流れて長いリボンのようになった。表面に氷がはりはじめ、ピシッピシッと音を立てながら水の上を広がっていき、滝《たき》つぼのふちのうすい氷にバリバリと音を立てて食いこんだ。

アリアナは指を動かし続け、できあがった氷の上にも指をすべらせた。氷は滝《たき》つぼ全体に広がり、山をくだる小川がだんだんこおっていく。はじめは白いすじが小川の水面に走り、そのあと真っ白に変わってこおりつく。氷はきしんでうなりをあげると、すきとおった水色に変わった。滝《たき》つぼと小川は一本の長い氷の小道になって、夜の暗がりの中でも明るくかがやいている。

突然《とつぜん》、氷の柱が二本、滝《たき》つぼからつきあがった。ターシャはびっくりして飛びのいたけれど、うれしくなって笑った。目の前で、その氷の柱がねじれてうずを巻《ま》く。アーチ状《じょう》にからみあい、きらきらと光る氷の小道の両側にそった手すりに変わった。

それから、小道は少しせりあがると、低い橋になった。橋の飾《かざ》りのうずまき模様《もよう》がきれいだ。ティムールはその橋の上に足をふみ出した。ひづめが音を立てないので、宙《ちゅう》にういて歩いているんじゃないだろうか。ティムールはさらに二、三歩進み、そりがかがやく小道の上にのったところで、ふり返ってアリアナとターシャを見た。

ターシャは深呼吸《しんこきゅう》をし、思い切って聞いた。

「橋に乗って、だいじょうぶ？」

アリアナの魔法《まほう》で小道が固まったのはわかったけれど、谷のほうへ急な坂になってくだっている。そりはターシャの想像《そうぞう》以上のスピードで、きっと飛ぶようにすべりおりるにちがいない。

アリアナは力強くうなずき、そりに飛び乗ってキツネの横にすわると、ターシャを手まねきした。キツネは首をかしげ、期待しているようにこちらを見ている。心配よりも、わくわくする気持ちのほうが勝った。アリアナの魔法《まほう》は自分を守ってくれるはず。そうして、ターシャはそりに乗って、しっかりとつかまった。

アリアナは手綱《たづな》をピシッと鳴らし、ティムールは走りはじめた。雪が飛び散る中を、谷をめざしてかけおりていく。こおった小川をこえ、森をぬけると、雪におおわれた畑に出た。おじいちゃんの家がちらっと見えたと思ったとたん通りすぎ、ティムールのひづめが地面を打つ。するといきなり、目の前に湖が現《あらわ》れた。

そりはまっすぐ湖に向かって走っている。どきどきして胸《むね》が苦しくなった。

「アリアナ！　湖だよ！　方向を変えなきゃ！」

湖は完全にはこおっていない。岸にそって、湖のぐるりにうすい氷がはっているだけだ。アリアナは、あわてているターシャを見ると、にっこりと笑いかけ目をかがやかせた。ターシャは手の中の石をにぎりしめた。ターシャの理性《りせい》は、そんなのありえない、危《あぶ》ない、こわい、といっている。でも、心の声はアリアナを信じるんだといっている。アリアナは、願いごとと、星の光と、雪と、魔法《まほう》でできているのだから。

「どうなるの？　魔法《まほう》を使うの？」

アリアナは、そうだとうなずき、ふたたび手綱《たづな》を鳴らし、ティムールは湖のほとりを走る。さっきのように宙《ちゅう》にういているみたいで、ティムールのひづめは今度も音を立てない。ターシャはつかまる手にさらに力をこめ、そりから下の景色を見ておどろいた。ティムールとそりは湖面の上、十センチくらいの高さを飛んでいて、そりの下の水はたちまち白く分厚《ぶあつ》い氷に変わっていく。

「湖がこおっていく！」

きらきらと光る水しぶきが、パリパリと音を立てて氷になっていく。

ティムールはさらに速く、何周も大きな円をかいて走り続け、その足の下で湖の水がこおっていく。

「どうして?! どうすれば、こんな魔法《まほう》をかけられるの?」

ターシャは、大きな声で聞いた。

けれどアリアナは楽しそうに笑うだけ。湖の上をぐるぐる回りながら、いつの間にか、ターシャもいっしょになって笑っていた。空には月が高くのぼり、星がまたたいていた。

どうすれば、なんて関係ない。大切なのは、こんなにもすばらしい気持ちになれるってこと。

ティムールが速度をゆるめたときには、湖全体が、だ円形の大きな氷のかたまりになって銀色にかがやいていた。氷の表面には、水

色のすじがうずを巻《ま》いて、シダや花のような模様《もよう》がきざまれている。こおった湖は美しく、ターシャはそりに乗った興奮《こうふん》で息を切らしていた。胸《むね》が高鳴り幸せいっぱいで、顔がほてるのがわかった。

ティムールは湖のほとりの雪に足をのせ、おじいちゃんの家のある北の方角に向かって歩きはじめた。ターシャは自分の両手を見おろした。指はかじかんで、歯はガチガチ鳴っている。

アリアナはうしろからふわふわの毛布《もうふ》を出して、ターシャの肩《かた》にかけてくれた。キツネはターシャに体を寄《よ》せた。それでも、少しも暖《あたた》かくならない。おじいちゃんの家に近づくにつれて、ふるえがとまらなくなってきた。ねむくなり、頭がぼやっとしてくる。

そりがとまり、アリアナがターシャの目をのぞきこんだ。指先で自分の胸《むね》にふれたあと、手をのばしてターシャの胸《むね》にあてる。

「友達だよ」

寒くてターシャは歯をガチガチ鳴らしながらも、そうささやき、そりからよろよろとおりて、アリアナにさよならと手をふった。

家に入ると、ターシャはストーブの燃《も》えさしに小枝《こえだ》をくべて、体を温めた。じんじんとするどい痛《いた》みとともに、ゆっくりと手や足の指先に感覚がもどってくる。

足音をしのばせて自分の部屋へ行き、ターシャはベッドにすべりこんだ。手の中には、アリアナがくれた石がある。今夜は最高だった。アリアナといっしょに山にのぼって、氷の洞窟《どうくつ》や氷の花を見た。『カニ爪《つめ》岩』での出来事を打ち明けて、心が軽くなった。閉《と》じこもっていた殻《から》から出たいという、自分の本当の気持ちを確《たし》かめられた。ようやくこれで、殻《から》を脱《ぬ》ぎ捨《す》てる勇気を出せるかもしれない。

そうだ、アリアナといっしょにそりに乗って山を走りぬけ、魔法《まほう》の力で湖がこおるところを見たんだった。アリアナがいっしょにいてくれたから、勇気が出た。ひょっとしたら、ひとりのときでも勇気が出せるかもしれない。

ターシャは幸せな気持ちで、ため息をついた。

アリアナは、これまででいちばんの友達。

そのとき、ふと思い出したアリアナの姿《すがた》に、ターシャは体の芯《しん》が冷たくなってふるえあがった。スノードロップの絵を指さしてから自分の胸《むね》にふれ、手を広げてくるりと回ったアリアナの姿《すがた》だ。空中に何かをまき散らしているようだった。アリアナのやさしいささやき声が頭の中でひびく。

――スノードロップが、さくと、わたし、消える。

心臓《しんぞう》をわしづかみにされたみたいに胸《むね》が痛《いた》んだ。雪娘《ゆきむすめ》の昔話にどんな結末が待っているのかを、ターシャは知っていた。雪娘《ゆきむすめ》の昔語は細かいところがちがっていても、結局は、雪娘《ゆきむすめ》は風にふかれて北へ飛んでいき、老夫婦《ろうふうふ》はさびしく残される話ばかりだ。

ターシャは友達と別れたくなかった。石をしっかりとにぎり、ねむりに落ちながらも、自分にとっての幸せな結末を心の底から願った。どうかアリアナと、ずっといっしょにいられますように。

14

スケートをして

肩《かた》に置かれたママの手に気がついて、ターシャは目が覚めた。

「ターシャ、起こしてごめんね。でも今、クララとマイカが来ているの。夜のあいだに湖がこおったから、いっしょに見に行かないかって。クララのお父さんのエディアが氷の厚《あつ》みを調べて、スケートができるか確認《かくにん》してるところよ。エディアが安全だっていうまで、みんなで、岸辺で待ってればいいんじゃない？」

ターシャは起きあがったけれど、体は重く、手と足の指先には昨夜の冷たさが残っている。家に帰ってからどれくらい時間がたったんだろう。ほとんどねむった気がしない。

「ね、楽しそうでしょ？　お茶とポリッジができてるわよ。それと、クララとマイカは、ヤギの放牧地の辺りで待っててくれるわ。あなたが着がえてるあいだ、屋根裏《やねうら》からわたしの古いスケート靴《ぐつ》を探《さが》してくるわね」

にっこりとしたママはターシャのおでこにキスをしてから、ターシャが返事をするひまもなく、部屋を出ていった。

ママの話を聞いて、ターシャは不安で落ちつかなくなった。クララやマイカと何を話せばいいのかわからない。スケートもしたことがない。いつものくせで、ターシャは行かないためのいいわけを考えようとした。でも、ふたりはもう待っているし、ママだって、もうスケート靴《ぐつ》を探《さが》している。どうしよう。ターシャの胸《むね》はどきどきしはじめた。

そのとき、アリアナがくれた石が目のすみに入った。まくらの下からのぞいている。ターシャは石を拾っててのひらにのせ、昨日の夜、もうこわがるのはいやだと、アリアナに打ち明けたことを思い返した。その告白《こくはく》のあとで、アリアナはこの石をくれたんだ。そうだ、不安や心配ともうまく折りあいをつけられるようになろう。

ターシャは、朝の光を浴びてすきとおる青い石に見とれた。それから目を閉《と》じ、耳をすませた。屋根裏《やねうら》でママが探《さが》しものをする音。居間《いま》でおじいちゃんとパパが話す声。外から、クララとマイカの笑い声が聞こえる。うらやましいと思う気持ちが強くなる。最後に友達があんなふうに笑うのを聞いてから、もう一年以上たつ。心から楽しそうな、にぎやかな笑い声。アリアナの笑い声は、またちがう。繊細《せんさい》で、夜につららが立てる音に似《に》ている。

ターシャは窓《まど》の外を見てクララとマイカの姿《すがた》を探《さが》した。本心では、ふたりと友達になりたかった。今日はへとへとな一日になるかもしれない、不安になるかもしれない、でもひょっとしたら、楽しいかもしれないじゃない？　ターシャは手の中の石をひっくり返した。アリアナが魔法《まほう》の力を引き出したように、強さを引き出す自分がいてもいい。

昨日の夜、アリアナが見せてくれた魔法《まほう》を思い出す。湖の上を飛ぶ勇気があったんだから、今日どんなことが起きても、勇気を出せるにちがいない。きっとだいじょうぶと、自分に言い聞かせて、ターシャは着がえの服に手をのばした。

＊

外の空気は氷のように冷たかった。はく息で、口から白い雲が立ちのぼる。家を出たターシャは、少しでも体を温めようと早足で深く積もった雪の中を歩いていった。

クララとマイカは、ヤギの放牧地のほうを向いて、にこにこしながらおしゃべりしていた。ふたりは顔をくっつけんばかりにして話していたから、マイカのひとつに結んだ長い黒髪《くろかみ》が、クララのふわふわとした金髪《きんぱつ》の上にかかっている。ふたりとも、くたびれた、でもはきなれていそうなスケート靴《ぐつ》を肩《かた》からぶら下げていた。ふたりが仲よしなのは、ひと目見てわかる。ふたりの仲をじゃましてしまうのではと、内心気おくれしているターシャが近づくと、ふたりはふり向いてやさしくほほえみかけてきた。

「おはよう、ターシャ！」

クララが勢《いきお》いよく手をふって、その動きに合わせてふわふわの髪《かみ》がとんだりはねたりした。バラ色のほおをして、丸いめがねの奥《おく》で緑の瞳《ひとみ》がきらめいている。

マイカはあいさつがわりにニカッと笑い、うなずきながら、結んだ髪《かみ》からほどけた髪《かみ》の毛を耳にかけた。マイカの落ちついた灰色《はいいろ》の目を見て、ターシャは、よく集めていた浜辺《はまべ》の玄武岩《げんぶがん》の小石を思い出した。

「おはよう。来てくれてありがとう」

ターシャは緊張《きんちょう》していた。ポケットの中の石を指先でいじる。

「ターシャが、たまには農場の朝の仕事を休んで、あたしたちといっしょにスケートに行けるかもって思ったの」

「もちろん、クララの父さんが氷の厚《あつ》さを確《たし》かめてからだけどね」

マイカも話しかけてきた。

「スケート、やったことなくて。これはママのおさがりなの」

ターシャは、自分の肩《かた》にぶら下げたスケート靴《ぐつ》をちらっと見せた。

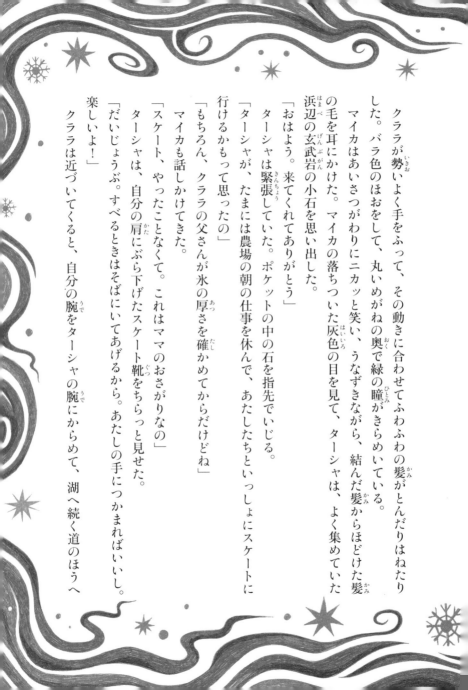

「だいじょうぶ。すべるときはそばにいてあげるから。あたしの手につかまればいいし。楽しいよ！」

クララは近づいてくると、自分の腕《うで》をターシャの腕《うで》にからめて、湖へ続く道のほうへとぐいぐい引っぱっていく。マイカもふたりと足なみをそろえて歩き出した。

ターシャはくちびるをかんだ。クララは、谷で馬のジノヴィーを乗り回すときみたいに、勢《いきお》いよくすべるのかな。だめだ、心配しちゃいけないと、ターシャは自分に言い聞かせる。温かくたのもしいクララの腕《うで》が、自分を引っぱってくれるのは心地いい。クララが本当に楽しそうにスケートの話をするので、ターシャも楽しくなってきた。

湖が見えてくると、マイカは立ちどまった。何かとまどっているようだ。

「湖がこんなふうにこおるには、ふつうは何週間もかかるはずだよ。ひと晩《ばん》でこおりつくなんて、変だと思わない？　それにほら、あの青いうずまき模様《もよう》だってさ、あんなの今まで見たことないや」

ターシャは昨日の夜の魔法《まほう》をまた思い出し、小さな笑《え》みをうかべた。

クララはマイカのひじをつかんで引っぱった。

「変だけど、すてき！　スケートできるかどうか、早く知りたいな！　あ、岸のそばにうちのお父さんがいるよ。もう氷を調べ終わったんじゃないかな」

三人が近づいていくと、クララのお父さんのエディアはにっこり笑った。巨大《きょだい》なコルクぬきのような道具をもっている。

「氷の厚《あつ》さが三十センチ以上もあるぞ！」

エディアはおどろいて目を見開いている。

「念のために、何か所かで調べたんだ。信じられん。湖がこんなに早くこおるなんて、聞いたこともない」

「どうしてこおったんですか?」

マイカがたずねた。

エディアはぽりぽりと頭をかいた。

「さあな。エレーナなら何か知ってるかもしれん。谷の気候だとか風土のことを、よく本で読んでるからね」

エディアは湖の岸ぞいへ目をやり、その視線《しせん》の先にはエレーナとサビーナがいた。

「だが、聞くのはあとにしたほうがいいかもな。エレーナとサビーナはあまりきげんがよくなさそうだ。氷がこんなに厚《あつ》いとつりがむずかしいし、これからそりを出して息子のダニーロをむかえに行くところだからね。昨日、ボートで向こう岸のアナスタシアの家に行ったが帰れなくなったそうだ」

氷が厚《あつ》くなったせいでエレーナ、サビーナ、ダニーロが困《こま》っていると聞いて、ターシャは胸《むね》がちくっとした。湖がこんなふうにこおったのは、アリアナの魔法《まほう》のせいだよね。

「何してるの、ふたりとも! 早く行こうよ!」

クララが夢中《むちゅう》になってせきたてた。エディアが話しているあいだに、もうスケート靴《ぐつ》をはいていて、笑顔でターシャとマイカをさそう。

マイカはしゃがみこんでスケート靴《ぐつ》をはき、ターシャもまねてスケート靴《ぐつ》をはいた。

「クララ、ルールはちゃんとわかってるね。気をつける、そして楽しむんだ。じゃあ、あとでな。それから、マイカ、歩いて帰る前にうちに寄《よ》って、温かい飲み物でも飲んでいくといい。ターシャも、いつでも遊びにおいで」

エディアはクララの頭のてっぺんにキスをしたあと、手をふって歩いていった。

ターシャも手をふり返した。そして、クララのあとに続いた。危《あぶ》なっかしい足取りで岸辺のこおりかけた雪をザクザクとふんで、一面に広がるすきとおった氷の湖面にたどり着いた。氷の表面には、水色の美しい模様《もよう》がうずを巻《ま》いている。

クララが先に氷の上に足をのせた。なめらかにすべっていくと、優雅《ゆうが》な動きで一周してもどってきて、ターシャに両手をさしだす。

「さ、行こうよ」

ターシャはためらった。クララがジノヴィーをたくみに走らせている姿《すがた》が思いうかぶ。

「ゆっくりすべるって約束するよ。できるだけ転ばなくてすむよう気をつけるし、もし転んでも、ちょっと尻《しり》もちをつくだけだよ」

クララは、はげましてくれた。

「わかった」

ターシャはクララの手を取り、つるつるの氷に足をのせたとたん、バランスを失う。パニックがおしよせ、小さな悲鳴をあげながら横すべりする。

クララがしっかりと支《ささ》えてくれて、ターシャはバランスを取りもどして体をまっすぐに起こすことができた。ほっとすると笑い声が出る。クララはターシャと両手をつないだまま、ゆっくりとうしろ向きにすべり、ターシャを引いていった。氷の上をすべるにつれて、ターシャの不安は消え、笑顔になれる。すべるのは不思議な感覚だった。体はふらついているけれど、気持ちがいい。

「足を動かしてみて。足をすべらすように前に出しながら、バランス感覚をつかむの」

ターシャはうなずいて、クララがいう通りに足を動かしはじめた。刃《は》に氷があたる感覚に慣《な》れるまでぐらついていたけれど、すぐに一定のリズムをつかんだ。

「その調子よ！」

クララが大きな声ではげましてくれた。ターシャはうれしくなって、ほおが熱くなるのを感じた。マイカは流れるように大きな円をえがきながら、ふたりの周りをすべる。

ターシャはマイカのゆったりとした優雅《ゆうが》な動きから、クララに視線《しせん》をうつした。うしろ

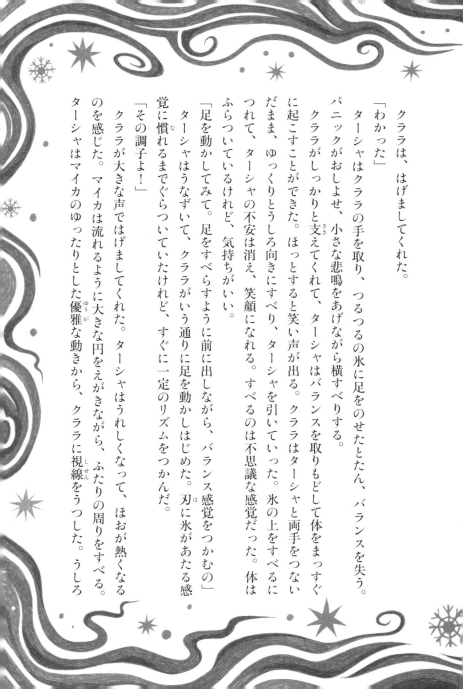

向きにすべっているのに、前向きにすべっているターシャよりずっとかんたんそうにすべっている。ターシャは息を切らしてしまった。ぐらつきながら前に進み、バランスを保《たも》つだけでせいいっぱいだ。

「ふたりとも、すごく上手なんだね」

「小さいときから毎年すべってるもん、そりゃそうだよ。でもすぐにターシャもこれくらいすべれるようになるよ。あそこの、岸が出ばって曲がってるところへ行かない？」

クララが肩《かた》をすくめていうと、マイカは東にある木を指さした。

「ほら、すぐそこに生えてるヒイラギの木には、いつもたくさんの実がなるんだ。ヒイラギの枝《えだ》をもって帰ると、うちのおばあちゃんが喜《よろこ》ぶんだよね。冬のリースや飾《かざ》りを作って、雪の精霊《せいれい》を追いはらうんだ」

「雪の精霊《せいれい》？　何それ？」

ターシャは思わずつまずきそうになって、マイカを見上げた。

「悪い雪の精霊《せいれい》の話を、ターシャは聞いたことないの？」

マイカの声が低くなり、おどかしているように聞こえる。ターシャはおじいちゃんが話してくれたいろいろな昔話を思いうかべてから、ないよと、答えた。

「ヒイラギの木まで行くあいだ、話してあげる」

マイカはターシャとクララの周りを風のように、軽くすいすいっとすべる。

「ターシャがこわい話でも平気ならね」

クララはターシャのほうを見た。

「どう思う？　マイカの話を聞きながら、横ならびですべってみる？」

クララはスピードをゆるめると、ターシャの手を片方《かたほう》だけはなしてとなりにならんだ。ターシャの顔がぱあっと明るくなる。ちっともぐらつかない。本当は、もうひとりですべる自信がひそかにあった。だけど、クララがとなりにいるのはうれしい。

そして、マイカがターシャとクララの周りをすべりながら、雪の精霊《せいれい》の話を語りはじめた。

15 ヒイラギの小枝《こえだ》

「おばあちゃんのヴィータは、ここからずっと北にある土地で育ったんだ」

ターシャとクララの周りをすべりながら、マイカは語りはじめた。

「高原の向こう、氷河《ひょうが》の近くの村に住んでいた。そこでは一年中、氷と雪がとけないで残っているんだ。冬になると、巨大《きょだい》な雪の雲が毎日のようにふきあれる。

古くからある村だから、村人たちのあいだでは、雪の雲やふきだまりから出てくる雪の精霊《せいれい》の話が昔から伝えられていた。雪の精霊《せいれい》は人間の姿《すがた》をしているけど、肌《はだ》はいつも冷たくて、髪《かみ》は銀白色、氷のような青い目が魔法《まほう》の力できらきら光っている、といわれていた」

雪の精霊《せいれい》が頭にうかんで、ターシャは身ぶるいした。マイカは話し続ける。

「子どもたちはいつも、雪の精霊《せいれい》には気をつけることっていわれてたんだ。雪の精霊《せいれい》は美しい笑顔で村人たちを誘惑《ゆうわく》して、深い雪の奥《おく》へ連れていってしまう。そして氷の息をふきつけて人間をカチコチにこおらせてしまうんだ。別の話もあるよ。村人を家から遠くはなれた場所まで連れ出したあと、雪の精霊《せいれい》は雪の雲に姿《すがた》を変え、風のように飛んでいなくなる。村人は、ひとり取り残されてこごえる、とかね」

「でも、どうして？　雪の精霊《せいれい》は、どうして人間に悪いことをするの？」

話にわりこんだターシャに、マイカは肩《かた》をすくめた。

「おばあちゃんがいうには、心が氷でできてる生まれつきの悪者だからだって」

クララも話に加わった。

「もしかしたら、害を与《あた》えるつもりはないのかもよ。友達になりたいけど、冷たすぎて結局は村人を傷《きず》つけちゃうだけで」

「もうひとつ、別の話をしてあげる」

マイカは風を切ってターシャとクララの周りをもう一周してから、話を続けた。

「おばあちゃんがもう少しで十歳《さい》ってときに、友達とふたりで、村の北を流れるこおった小川のそばで遊んでたんだ。急に雪の雲が流れてきて、さっきまで自分たちの家が見えていたのに、白いもやに囲《かこ》まれて、友達の顔もほとんど見えなくなってしまったんだって。そのときおばあちゃんは、見知らぬ女の子に出会った。同い年くらいで、銀白色の髪《かみ》で目は氷のように青かったって。雪の結晶《けっしょう》でできたみたいなワンピースを着てた。

にこにこしながら手まねきして、いっしょに遊ぼうっておばあちゃんをさそったらしい。おばあちゃんはさからえず、近づこうとした。でも、おばあちゃんの服のボタン穴《あな》のひとつにヒイラギの枝《えだ》がささっているのを見たとたん、その女の子は背《せ》を向けて雪の雲の中に消えてしまった。それで、ぼうっとしていたおばあちゃんは自分を取りもどしたんだよ。それで何度も友達の名前を呼《よ》んだけど、返事はなかった」

ターシャは、暗い気持ちになってきた。このお話はハッピーエンドではなさそうだ。

「おばあちゃんは絶望的《ぜつぼうてき》な気分になった。そして銀白色の髪《かみ》の女の子は、雪の精霊《せいれい》だったと気がついた。いっしょにいた友達が心配で、おばあちゃんは大声で友達の名前を呼《よ》びながら何時間も探《さが》し続けた。でも友達は見つからなかった。そして雪の雲が流れて消えたとき、友達は消えてしまったとわかった」

「こわい」

ターシャはつぶやいた。

「村中の人が、何週間も、何か月も、何年も探《さが》しけたけど、見つかることはなかった。ところが……」

マイカは言葉を切って、ターシャとクララの周りをもう一周すべった。

「それから十年ほどたったある日、おばあちゃんは、また、村の北を流れるこおった小

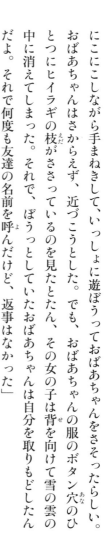

川のそばにいた。あのときのように、頭の上を雪の雲が流れてきたかと思うと、たちまち白いもやに囲《かこ》まれてしまった。

おばあちゃんは、若《わか》い女の人の姿《すがた》を見た。髪《かみ》は銀白色で目は氷のように青く、雪の結晶《けっしょう》でできたみたいなワンピースを着ている。すぐに雪の精霊《せいれい》だってわかった。でもそれと同時に、この女の人は十年前にいなくなった友達だと、心の中ではわかっていた」

「雪の精霊《せいれい》に変えられてしまったってこと？」

ターシャは顔をしかめた。スケートをしている足元がふらつく。お話の悲しい結末を知り、気持ちが弱くなっていくのがわかる。

「おばあちゃんはそう信じてる。雪の精霊《せいれい》は人間を誘惑《ゆうわく》して、自分たちの仲間に変えてしまうんだ、ってね。雪の精霊《せいれい》になると、もう家族や友達のところへは二度ともどれない。永遠《えいえん》に、冷たい冬の雲の中で暮《く》らすしかない。家や愛情《あいじょう》のぬくもりにふれると、雪の精霊《せいれい》はとけてしまうから」

「悲しいお話だね」

クララがささやいた。

「ぜったいにぼくの身には起きてほしくないな」

そういいながら、マイカは近くなってきたヒイラギの木のほうを向いた。

「だから、おばあちゃんはヒイラギの木が雪の精霊《せいれい》から守ってくれるって、心から信じてるんだ。あの日、ボタン穴《あな》にささっていたヒイラギの枝《えだ》が自分を守ってくれたって。それ以来ずっと身につけてる。それに、冬になると毎年、ヒイラギのリースや飾《かざ》りを作って家中に飾《かざ》ってる。ヒイラギのとがった緑の葉っぱや真っ赤な実は、雪の精霊《せいれい》を寄《よ》せつけないっていうんだよ」

マイカは速度をゆるめた。もうヒイラギの木のすぐそばまで来ていた。とても大きな木で、ターシャの背《せ》の三倍はある。雪がまだらに積もった枝《えだ》には、赤い実がたわわに実っている。何本かの枝《えだ》は大きくしなってこおった湖にたれさがり、小さなトンネルを作っている。三人はそのトンネルまですべっていって、中でとまった。

「ターシャ、だいじょうぶ？」

クララに聞かれてはじめて、ターシャはまだ顔をしかめていることに気がついた。アリアナのことを考えていたからだ。アリアナは、マイカの話に出てきた雪の精霊《せいれい》とそっくりだ。銀白色の髪《かみ》。氷のような青い目。アリアナが体をターシャに寄《よ》せるたびに立ちのぼる、ふるえてしまうほどの冷気。

アリアナは雪の精霊《せいれい》なの？

マイカは心配そうにターシャをふり返った。

「ぼくの話、そんなにこわかった？」

「ううん、だいじょうぶ」

ターシャは、たしかにぞっとしたけれど、その理由をいってもマイカにはわかってもらえないだろう。アリアナは、スノードロップがさくころ、自分は消えるといっていた。それは、マイカの話に出てきた雪の精霊《せいれい》のように、永遠《えいえん》に冬の雲の中で暮《く》らさなきゃいけないからなのだろうか。

「マイカのおばあちゃんは昔話が好きだけど、でも、ただのお話だからね」

クララが、明るくはげますようにほほえんだ。

「ターシャ、ヒイラギの枝《えだ》を集めるあいだ、手をはなしてもいい？　遠くには行かないから」

ターシャがうんとうなずいたので、クララは手をはなした。

実をたくさんつけた小枝《こえだ》が、氷の上に散らばっている。雪の重みにたえきれずに、折れて落ちたんだろう。マイカとクララは枝《えだ》を集めはじめた。ターシャも手伝おうとかがみこんだ。ぐらついたけれど転ばないよう注意しながら、トゲだらけの葉をよけ、小枝《こえだ》をつまんでそっと拾いあげる。

頭の中で、悪い雪の精霊《せいれい》とアリアナのことが堂々《どうどう》めぐりになっている。不安を覚えて、おなかが痛《いた》い。雪の精霊《せいれい》は邪悪《じゃあく》で危険《きけん》な存在《そんざい》とされていることに、ターシャは動揺《どうよう》していた。アリアナは雪の精霊《せいれい》かもしれないけれど、どう考えてもやさしくて親切だ。毎晩《まいばん》、アリアナはターシャを家まで送ってくれる。マイカの話に出てきた雪の精霊《せいれい》みたいに、ターシャを誘惑《ゆうわく》して遠くへ連れ去ろうとはしない。アリアナは友達だ。ターシャを傷《きず》つけるわけがない。ターシャはマイカの話を聞いたことで、友達を裏切《うらぎ》ったような気になった。しかも今は、雪の精霊《せいれい》を追いはらうというヒイラギの枝《えだ》を集めている。

マイカとクララは氷の上をあっちこっちすべっていって、どんどん枝《えだ》を集めている。ターシャは、ミトンにとがった葉っぱが何度も引っかかって、ふたりより時間がかかっている。じれったくなって、ミトンをぬいでポケットにおしこんだ。

「これくらいあればいいかな？」

たばねた枝《えだ》をかかげながら、クララがマイカにたずねた。

「そうだね。どっちみち雪がそろそろとけ出してもいいころだしさ。積もってから、もう一か月くらいはたってない？」

マイカの言葉に、ターシャの背筋《せすじ》がこおりつく。

どうしてマイカは、雪がもうとけはじめるころだなんて思うの？

わたしには、ついこのあいだ積もったばかりな気がするのに。まだ、アリアナといっしょにやりたいことがいっぱいあるのに。

ターシャは、ヒイラギの枝《えだ》を取ろうとして手をのばした。小枝《こえだ》は緑色で、実は真っ赤でみずみずしい。けれど、ターシャがもちあげたとたん、手の中で小枝《こえだ》は霜《しも》におおわれた。小さな氷の結晶《けっしょう》がターシャの指先から広がり、緑色だった枝《えだ》が白くなってしまった。実も、氷の結晶《けっしょう》にふれると霜《しも》におおわれて白くなった。ターシャは息をのみ、思わず小《こ》枝《えだ》を落としてしまった。指がこごえてじんじん痛《いた》む。

「だいじょうぶ？　葉っぱで手をけがしたんじゃない？　ときどき、すごくとがってるのもあるから」

クララが近づいてきた。

「だいじょうぶ」

ターシャはまたミトンをはめた。胸《むね》がどきどきする。

今のは何？

目の前で起きたのは、アリアナが月と星の下で見せてくれる魔法《まほう》のようだった。今みたいな昼間に、わたしの手の中で起きるはずがない。

ターシャは足元に落とした小枝《こえだ》を見おろした。緑色だ。霜《しも》はなくなって、実はまた赤にもどっている。ターシャは、一度、目をぎゅっとつぶってから開けた。

今のは、まぼろしだよね？

人間が雪の精霊《せいれい》に変わるというマイカの話を聞いて、混乱《こんらん》したのかもしれない。ターシャはめまいがしてきた。自分の目や感覚が信じられなくなってくる。ポケットに手を入れて、アリアナにもらった石をにぎる。冷たくてなめらかでかたい。ターシャはゆっくりと息をすいこんだ。

「ターシャ、ほんとにだいじょうぶ？」

クララはターシャのひじをつかみ、もう一度たずねる。

「うん、ごめんね。ちょっとつかれてるだけ。ゆうべあんまりねむれてなくて」

ターシャは顔をあげた。マイカがさっきの小枝《こえだ》を見つめているのが目に入った。顔がこわばっている。何かにおびえているみたいな顔だ。今何が起きたのか、見ていたのだろうか。ターシャの胸《むね》のどきどきが速くなった。

「もう帰るね。気分が悪くて」

ターシャはクララに体を寄《よ》せて、集めた小枝《こえだ》をぎこちなくおしつけた。

「ごめんね。さそってくれてありがとう。でも……」

ほかに何をいえばいいのか、わからない。

「ごめんね」

もう一度いってから、できるだけ速くすべって、その場をはなれた。

「待って！　家まで送ってくよ！」

クララがさけんでいる。

「ひとりでだいじょうぶ！」

ターシャはふり返らずにさけんだ。ふり返ったら、転びそうな気がしたから。

スケート靴《ぐつ》をはいていると、まだぐらつく。湖の岸につんのめるようにすべって乗りあげた。指がこごえてじんじん痛《いた》むのは、ヒイラギの小枝《こえだ》をこおらせてしまったから？　ううん、こおらせたなんて、ただのまぼろしが見えただけ。

昨日の夜、アリアナが湖をこおらせたときは、魔法《まほう》の世界にひたって最高の気分だった。でも、自分の手が何かにさわってこおってしまったら……、それはまた別の話だ。こわいし、手に負えない。

ターシャはどうしたらいいのか、本当にわからなくなった。

16 雪の雲

帰ってきてからも、自分の手の上で霜《しも》におおわれたヒイラギの小枝《こえだ》とマイカのおびえた顔が、ターシャの目の前でちらついた。

わたしが小枝《こえだ》をこおらせるはずがない。マイカの話がきっかけで、まぼろしが見えたんだ。

マイカが語った昔話のことは考えたくなかった。あれはただの教訓めいたお話なんだと自分を安心させせようとした。雪の雲やふきだまりの中をうろうろするのは危《あぶ》ないって、子どもたちに教えるのが目的だ。

でも、話の中には真実もふくまれているかもしれない。雪娘《ゆきむすめ》が本物の女の子になるなら、雪の精霊《せいれい》だってありえるんじゃない？

別の疑問《ぎもん》も頭にうかんで、背筋《せすじ》が寒くなる。

アリアナが雪の精霊《せいれい》だったら？　マイカの話に出てくる雪の精霊《せいれい》みたいに、危険《きけん》な存《そん》在《ざい》だとしたら？

ターシャは、家にだれかいて、気をまぎらわせてくれないかと期待していた。でも、おじいちゃんはいすにすわってねむっていたし、パパとママは外で井戸から引いている水道管を修理《しゅうり》していた。こおりつき、三か所が破裂《はれつ》してしまっていた。

ソファにすわって、ポケットからスケッチブックを出した。アリアナと過《す》ごした夜にかいた絵を見ると、気がまぎれるかも。ジャコウジカ。モモンガ。満月の下で走る姿《すがた》を見かけたオオカミ。フョードルとアリアナのそり。アリアナ本人。ふたりで作った雪の家の上には、星空が広がり、流れ星が降《ふ》りそそぐ。

絵にかかれているたくさんの思い出。それこそが、アリアナがターシャの人生にとって大切な存在《そんざい》だという証拠《しょうこ》だ。

ターシャは、自分の直感を信じることにした。

夜になり、ターシャはまたアリアナやキツネといっしょにティムールの引くそりに乗り、一瞬一瞬《いっしゅんいっしゅん》を心ゆくまで楽しんだ。森の西のはずれまで、雪の中、クマとオオカミを足したような姿《すがた》のクズリが辺りのにおいをかぎ、食べ物を探《さが》していたのを見た。

家に帰るとつかれてはいたけれど、ターシャは幸せな気持ちでベッドに入った。マイ

カの悪い雪の精霊《せいれい》の話や、自分が拾ったヒイラギの小枝《こえだ》に起きたことは、もう二度と考えないと心に決めた。

＊

ターシャの毎日は、昼は農場でヤギとニワトリの世話をし、夜はアリアナやキツネと過《す》ごす、という元のリズムにもどった。クララとマイカが会いに来ても、スケートも散歩もしたくないと伝えた。ふたりはがっかりした顔をしていた。

ターシャの心はしずんだ。アリアナに『カニ爪《つめ》岩』の話をしたあと、外の世界にふみ出して、もう一度友達を作ろうと決めたのではないか。でも、あのこおったヒイラギの小枝《こえだ》でこわくなってしまった。

農場にいるあいだ、ターシャはずっとひとりきりで絵をかいたり、子ヤギのファーディナンドやほかのヤギたちの世話をしたりしていた。あまりの寒さに、ファーディナンドは今では小さなフェルトのコートを着たままだ。

毎日があっという間に過《す》ぎていったが、ターシャがふれたものがこおることは、二度となかった。少し安心して、また家族とも過《す》ごすようになった。パパ

とママを手伝って、次から次へと続く修理《しゅうり》を手伝うときもあったし、家でおじいちゃんといっしょにいるときもあった。おしゃべりしたり、おじいちゃんがねむければ本を読んであげたりした。それでも、クララやマイカと遊んだらと、ちょっとすすめられただけで、ターシャは顔をこわばらせて、首を横にふるのだった。

毎晩《まいばん》、雪は降《ふ》り続けた。農場の心配ごとがふえて、パパとママはさらにつかれていく。おじいちゃんは何時間も窓《まど》の外を見つめていた。

「春のきざしがまだないのは、どうしてかわからんよ」

ある朝、おじいちゃんは悲しそうにいった。

「まだまだ寒いのはどうしてなんだろう。今くらいの時期には気候が暖《あたた》かくなって、雪がとけはじめるもんだ。ヤマネコはつがい相手を探《さが》して森で鳴くようになる。そうだろう、ターシェンカ？」

近所の人たちがたまに家に来るたびに、おじいちゃんはヤマネコの鳴き声を聞いたかとたずねたけれど、まだだれも聞いていなかった。

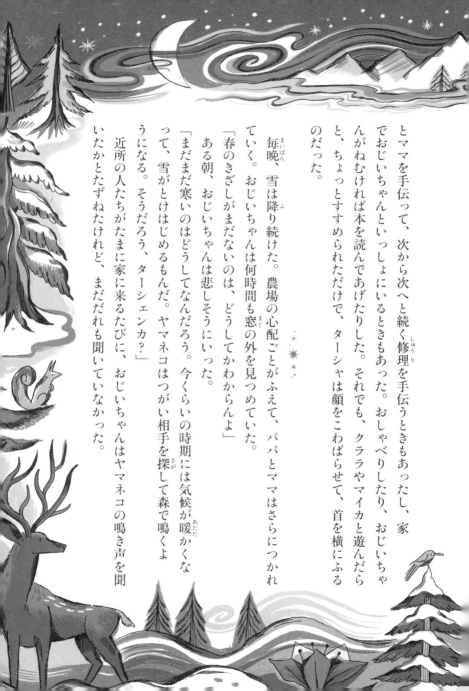

「これはよくないきざしだよ。ヤマネコがつがい相手を探《さが》して鳴かないんなら、冬の終わりにはほど遠いにちがいない。みんなぶじに冬をこせるだろうか」

ターシャの心にも、これまで耳にしたさまざまな問題がのしかかる。食べ物が少なくなっていること、道が雪でふさがっていることを、谷中の人が心配していた。

湖にはった氷が厚《あつ》いままなので、サビーナとエレーナはつりができなかった。ある日、火をたいて氷を割《わ》ろうとしたけれど、それでもだめだったらしい。湖の向こう岸に住むヴァシリーと孫のアナスタシアのところでは、鶏小屋《とりごや》が雪の重みでつぶれてしまったので、ニワトリたちを家に入れてやらないといけなかった。マイカ、ラーヤ、ヴィータの一家は納屋《なや》のヤギたちが夜の寒さにたえられるか心配していた。クララの農場では、何頭かのヒツジが、雪目《ゆきめ》という雪に反射《はんしゃ》する紫外線《しがいせん》が原因《げんいん》で目が見えなくなる病気にかかっていた。ノナおばさんが自家製《じかせい》の薬を使ってクララの農場のヒツジの治療《ちりょう》をしていると、ターシャは聞いていた。

そんなある日、ノナおばさんは治療《ちりょう》の帰りに、そりに乗っておじいちゃんの家をたずねてきた。ストーブのそばに立って手を温めながら、あちこちで雪が深く積もり、外を出歩くのもひと苦労だとこぼした。

「みんなの家を回るようにしてるんだよ。このひどい天気でだれもが大変だし、おたがい助け合う方法を見つけたくてね。ああ、冬が終わってくれさえすればねえ」

おじいちゃんがうなずいた。

「たしかに。冬が終わって気候が暖《あたた》かくなれば、多くの問題が解決《かいけつ》するだろうな。だが、春はまだまだ先な気がするよ」

ノナおばさんも同じ思いらしい。

「そうだね。スノードロップやヤマネコはいったいどこにいるのかね？　恋《こい》しくてたまらないよ」

「どうにかして、あいつらを呼《よ》べないもんかね」

おじいちゃんは考えこみながらいった。

「そんな力があたしらにあったらねえ！」

ノナおばさんはくっくっと笑う。それから、かばんの中をひっかきまわして麻《あさ》ひもで結んだ小さな包みをいくつか取り出した。

「あんたがたにちょっとしたおみやげを持ってきたよ。あたしが編《あ》んだリストバンドと靴下《くつした》。あったかそうだろ、夜に冷えないようにね。それから、野ばらとコケをまぜた特製《とくせい》のお茶。冷たい空気から肺《はい》を守ってくれる。春が重い腰《こし》をあげてくれるまで、少しは役に立つといいんだけど」

ノナおばさんが帰ったあと、ターシャは窓《まど》の外に広がる雪におおわれた谷を見つめた。おじいちゃんとノナおばさんが話していた春の話は、なやましかった。アリアナがいなくなることを想像《そうぞう》すると心がしずむ。ターシャはため息をつき、厚《あつ》く積もった雪がかがやく北の山へと視線《しせん》をうつした。ポケットに手を入れ、アリアナにもらった冷たくてなめらかな石をにぎった。そして心の中で願いごとをする。

春になってもアリアナがここにいられる方法を、見つけられますように。

すると突然《とつぜん》、いちばん高い山の頂上《ちょうじょう》で、雪雲がうずを巻《ま》いた。空にのぼって厚《あつ》い雲になると、山を転がるようにおりはじめた。けれど、雲は急な坂道をまっすぐ転がってくるのではなく、ななめにつっきって、おじいちゃんの家へ向かってくる。

変だ、雪雲の動きがおかしい。重力にも、風にもさからって動いている。ふくれあがり、スピードを増《ま》しながら農場に近づいてくるのを見て、ターシャの胸《むね》のどきどきは速くなった。あの雲は、わたしとアリアナに関係があるんじゃないか。ターシャがアリアナのことを考えた瞬間《しゅんかん》に雲が生まれ、今はこっちに近づいてくるように見える。

ターシャはふるえる指でカーテンを閉《し》めた。

「ターシェンカ、だいじょうぶかね？」

おじいちゃんがたずねた。

ターシャは、ふるえる声で答えた。

「吹雪《ふぶき》がまたはじまったみたい。すきま風をふせいで、暖《あたた》かくしなきゃ」

ターシャは窓《まど》からはなれて、おじいちゃんのそばの大きなスツールにすわった。ストーブの炎《ほのお》を見つめて、胸《むね》のどきどきを落ちつかせようとする。ターシャはおびえていた。手の中のヒイラギの小枝《こえだ》が霜《しも》に包まれてこおったときと同じだ。今度もまた、ターシャは自分に言い聞かせようとした。想像《そうぞう》をたくましくしたせいで、まぼろしが見えただけだから。山の上をふく風は、岩や木にあたって向きがそれるから、思いがけない動きをするときがある。

ターシャは頭の中からあの雪雲を追い出そうとしたけれど、不安な気持ちは、いくら無視《むし》しようとしてもしずまらなかった。

17 厳《きび》しい冬

一週間以上降《ふ》り続いた雪が積もっていくにつれ、ターシャの不安も大きくなる。

アリアナやキツネに会いに外に出るときには、もっている服をほとんど全部着た。綿《わた》やウールを重ね、あいだにヤギの毛のかたまりをつめこむようになった。顔を毛織《けおり》の布《ぬの》で包み、そりに乗るときは白樺《しらかば》の皮で作ったアイシールドをつけた。まつげがこおって固まり、とがった結晶《けっしょう》になってまぶたを傷《きず》つけるのをふせぐためだ。

ティムールは、いくら雪が積もっていても少しも困《こま》っていないようだった。雪の上を飛ぶように走り、アリアナのそりを苦もなく引いていく。そしてアリアナは、いつもの青い服を身につけ、目や顔をおおうことはなかった。

冬が厳《きび》しくなるにつれて、アリアナのかがやきは増《ま》していった。

けれど、森にすむ動物たちの多くは、食べ物が足りず夜が冷たすぎるせいで苦しんでいた。ターシャとアリアナは、半分こおりつき、生と死の境《さかい》をさまよっている小さな鳥や動物たちを見つけるようになった。

ターシャは見つけた動物たちをそっとだきあげ、息をふき返すまで小さな体をコートの中に入れた。それでも弱っているときには、ターシャとアリアナは氷の洞窟《どうくつ》に連れて帰り、避難《ひなん》させた。寝床《ねどこ》を温めるための干《ほ》し草《くさ》、えさとなる穀物《こくもつ》や種など、ターシャは農場のものを持ってきて、助けた動物たちが居心地《いごこち》よく過《す》ごせるようにした。

氷の洞窟《どうくつ》はすぐに、何匹《なんびき》ものリスやウサギ、ネズミ、小さな鳥たちであふれ、別の洞《どう》窟《くつ》にはオコジョも一匹《びき》、加わった。みんな、寒さと飢《う》えから回復《かいふく》する途中《とちゅう》だった。ほとんどの動物は一日か二日たてば元気になり洞窟《どうくつ》を出ていった。けれど、寒さと飢《う》えに苦しみ、助けを必要とする動物は引きも切らず、厳《きび》しい冬への心配は大きなままだった。

ターシャは引きさかれるような気持ちでいた。暖《あたた》かくなって、おじいちゃんの咳《せき》が治り、みんなが苦労している厳《きび》しい冬の日々《ひび》が終わってほしかった。でも、春が来てアリアナがいなくなると考えると、たまらなくつらい。

ときどき、アリアナが手を広げてくるくると回り、何かを空気中にまき散らす姿《すがた》がターシャの頭にうかぶことがあった。すると、アリアナが満たしてくれたはずの心の中の『ひとりぼっち』の穴《あな》が、また広がって痛《いた》み出す。そのときターシャにできるのは、頭からその考えを追い出すことだけだった。

ある夜、ターシャはまたアリアナといて時がたつのを忘《わす》れ、明け方近くになって帰ってきた。ターシャがストーブのそばでこごえた指を温めようとしていたそのとき、居間《いま》のドアが開き、おじいちゃんが入ってきた。息をするたびに、ぜいぜいと苦しそうだ。ターシャはおじいちゃんがすわるのを手伝い、咳《せき》どめシロップをあげてから、胸《むね》が温まるようにはちみつとコショウ入りのお茶の用意をしはじめた。

「この寒さのせいだよ、ターシェンカ。寒さのせいで息をするのが苦しくなって、夜になるともっとひどくなる。今年の冬の夜は、これまで経験《けいけん》したことのない寒さだよ」

おじいちゃんの声が弱々《よわよわ》しい。

おじいちゃんの体を分厚《ぶあつ》い毛布《もうふ》でくるみながら、ターシャは考えた。心の奥底《おくそこ》では気がついていたことを、もう見て見ぬふりはできなかった。夜の寒さが特に厳《きび》しいのは、アリアナがやってくるのが夜だからだ。雪がたくさん降《ふ》るのもアリアナのせいだ。

まるで胸《むね》を冷たい指でぎゅっとつかまれたような気分だ。アリアナと友達になって、たくさんの喜《よろこ》びをもらった。そのせいで悪いことが起きているかもしれないなんて、考えたくない。それ以上考えるかわりに、ターシャはストーブの火をつつくことに気持ちを集中させた。

「ターシェンカ、こんな時間に起きて何をしてたんだね？」

「ねむれなくって。だから散歩してたんだ。外がきれいだから」

ターシャは身につけている上着を見おろした。とけた雪でしめっている。

「そうだな。じいちゃんも若《わか》いころは夜の散歩が好きだったよ」

おじいちゃんはそういってから、ストーブの炎《ほのお》を見つめた。ターシャは、湯気の立つお茶がなみなみと入ったマグカップを手わたした。おじいちゃんはひと口すすって、ほほえんだ。

ターシャは上着をぬぎ、おじいちゃんはストーブの明かりの中でちぢこまってお茶を飲んだ。おじいちゃんの息づかいは落ちつき、火の熱のおかげでほおに赤みがさしてきた。いすにもたれてパイプを手に取る。お話を聞かせてくれるときのあの仕草だ。おじいちゃんはまじめな顔つきで話しはじめた。

「だがな、用心しないといかんぞ、ターシェンカ。冬の天気はいつ危険《きけん》になるかわからん、特に今年の冬はそうだ。おまえのおばあちゃんが生きてたら、冬の精霊《せいれい》が谷に来たっていうだろうな」

「冬の精霊《せいれい》？」

マイカの話が頭にうかび、ターシャは身をかたくした。

「世界中、人間がいて雪が降《ふ》る場所にはどこでも、冬の精霊《せいれい》の言い伝えがある。雪の精《せい》霊《れい》、霜《しも》の精霊《せいれい》、氷の精霊《せいれい》だとか、呼《よ》び方はいろいろだがね。おまえのおばあちゃんは、どれもが不思議な力をもつ存在《そんざい》で、冬の風に乗ってやってきて、姿《すがた》を変えられると信じていたよ。雪の結晶《けっしょう》になってうずを巻《ま》いたり、霜《しも》になって枝《えだ》から枝《えだ》へとうつったり、気が向けば、少しのあいだ動物や人間に変身したりもできるってね」

「マイカから雪の精霊《せいれい》の話を聞いたよ。こわい話だった。マイカのおばあちゃんは、精《せい》霊《れい》は危険《きけん》な存在《そんざい》だって信じてるんだって」

「物語の中には、こわいのもある。それに、精霊《せいれい》は危険《きけん》だと考える人も多いな」

おじいちゃんも認《みと》めた。

「おじいちゃんはどうなの?」

ターシャはおじいちゃんのそばのスツールにすわった。

おじいちゃんは手の中のパイプをひっくり返した。

「うむ……、吹雪《ふぶき》につかまった人間を、精霊《せいれい》がこおらせてしまうという話もある。だが、親切な精霊《せいれい》が困《こま》ってる者を助けてくれた言い伝えもある。つまり、その点では精霊《せいれい》も人間と同じなのかもしれん。いいやつもいれば、悪いやつもいるってことだ。だから、自分で見きわめて身を守らなきゃならない」

「いい精霊《せいれい》のお話を聞かせてくれない？　人間を助けてくれる精霊《せいれい》のお話」

アリアナのことを考えながら、ターシャはたずねた。

おじいちゃんは、にこりとした。

「おまえのおばあちゃん、マリアの話ならできるぞ。ママが生まれる前の年に、霜《しも》の精《せい》霊《れい》に助けられたときの話だ」

「ほんと⁉」

ターシャの目がかがやいた。

おじいちゃんはパイプをおろし、いすにもたれて深呼吸《しんこきゅう》をしてから、話しはじめた。

18

霜《しも》の精霊《せいれい》

ターシャはストーブに薪《まき》をくべてからスツールの上であぐらをかき、おじいちゃんの話に耳をかたむけた。

「それは昔々《むかしむかし》の、ある冬の日のことだった。おまえのおばあちゃんのマリアは、森を歩きながら、冬至《とうじ》の飾《かざ》りの材料にする枝《えだ》や実を集めていた。地面の雪はサラサラできらめいていた。辺りは静まり返り、マリアのくちびるから流れる歌が谷中をただよい、高い山の上までのぼっていった」

そういってから、おじいちゃんはしばらく目を閉《と》じた。マリアおばあちゃんの歌が聞こえてきているみたいに。

「マリアは森の奥深《おくふか》くへと入っていった。かごいっぱいに、ヤドリギの小枝《こえだ》、ヤナギの枝《えだ》、松ぼっくり、ネズの実を拾い、ときおりクリの実もかごにほうりこんだ。マリアはこの谷のすみずみまで、自分の家のように知りつくしていた。だが、この日、マリアは考えごとをしてうわの空だったから、いつもとちがって歩いている道に気をつけていなかった。

山から分厚《ぶあつ》い雪雲が森へおりてきて、マリアがわれに返ったときには、もう道にまよってこごえていた。雲の中は雪の結晶《けっしょう》がうずを巻《ま》くばかりで、ほとんど何も見えない。しかも氷の結晶《けっしょう》は針のようにするどくて、ちくちくとマリアの顔をひっかくんだ。

マリアは背《せ》の高いモミの木の下に避難《ひなん》して、雪雲をやり過《す》ごすことにした。マントにくるまり、やわらかいモミの太い枝《えだ》がねむたげにしなだれかかる下で、マリアは安心して夢《ゆめ》の中へ落ちていったんだ。

目を覚ますと辺りは暗く、マリアの体は寒さで動かなくなっていた。木のあいだで霜《しも》がバリバリと鳴る。息をはくと、小さな白い雲ができた。マリアは恐怖《きょうふ》にふるえる心を落ちつかせようとした。冬の夜の森がどれほど危険《きけん》か、マリアは知っていたからな。

すぐそばで霜《しも》がバリバリと音を立て、マリアが避難《ひなん》しているモミの木のてっぺんに霜《しも》の精霊《せいれい》が現《あらわ》れた。

『寒いのかい?』

すんだ冷たい声が、頭の上からたずねる。

マリアは息をのんだ。こわかった。生まれてこのかた、霜《しも》の精霊《せいれい》についてこわい話しか聞いたことがなかったからな。それでもマリアは、霜《しも》の精霊《せいれい》に、つまり寒さに命を取られるわけにいかないと覚悟《かくご》を決めた。ところが見上げようとしたけれど、頭が重くて首に力が入らない。

『いいえ』

やっとのことでマリアは答えた。体の感覚がなくなっていくのと戦いながらね。力をふりしぼり、手や足の指を動かして血の流れをよくして、少しでも体温をあげようとしたんだよ。

霜《しも》の精霊《せいれい》が枝《えだ》から枝《えだ》へと飛びうつり、バリバリと音を立てて近づいてきた。マリアの歯は、こごえたくちびるのあいだでガチガチと鳴りはじめた。

『寒いのかい？』

あの声がふたたびたずねてくる。その言葉が、氷の息でもあるかのように耳にふきこまれてきた。

『いいえ』

マリアはもう一度、同じ返事をした。まぶたを閉《と》じさせようとする冷たい空気に負けまいと必死になった。眠気《ねむけ》を覚まそうと、パチパチとまばたきをする。マリアは生きて、家に帰りたかった。自分の命が大切で、家族や友達の元へもどりたかった。

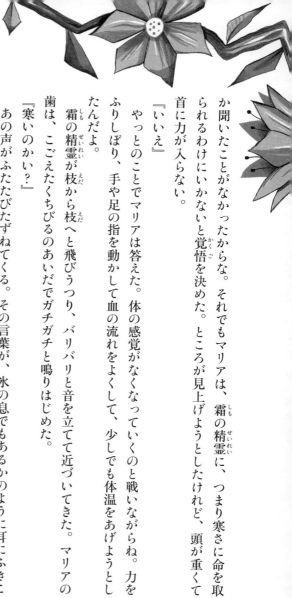

霜《しも》の精霊《せいれい》が木から飛びおりて、マリアの目の前に現《あらわ》れた。厳《きび》しい顔つきのやせた老人の姿《すがた》をして、白いひげと髪《かみ》を長くのばしている。こごえすぎて、マリアはおどろく気力もなかった。霜《しも》の精霊《せいれい》を見ながら、これが最期に見たものになるのかしら、とぼんやり思った。体はもう氷になったように感じたし、魂《たましい》が体からぬけかけているのがわかった。

『寒いのかい？』

霜《しも》の精霊《せいれい》は三度目も同じことをたずねた。その両目は、ふたつのこおった水たまりのようにきらきらと光っている。

マリアの視界《しかい》はぼやけはじめたが、目を開けておこうとがんばった。でも、まぶたが重すぎた。力つきて目を閉《と》じてしまう前に見たものは、霜《しも》の精霊《せいれい》の姿《すがた》だった。マリアに同情《どうじょう》したようで、厳《きび》しい顔つきがやわらぎ、やさしい笑顔をうかべながら、モミの葉のような緑色の毛布《もうふ》を体にかけてくれた」

おじいちゃんは口をつぐんだので、ターシャは話の続きをしんぼう強く待った。

「森のどこかでこんなことが起きていたとき、わしは森の別の場所でマリアを探《さが》していた。あれはまさに、人生で最悪の時間だったな。

そのうち、じいちゃんはマリアを探《さが》すのに人手が必要だと考えて、捜索隊《そうさくたい》を集めようと谷に急いでもどったんだ。だが、谷にもどって最初に目に飛びこんできたのは、この

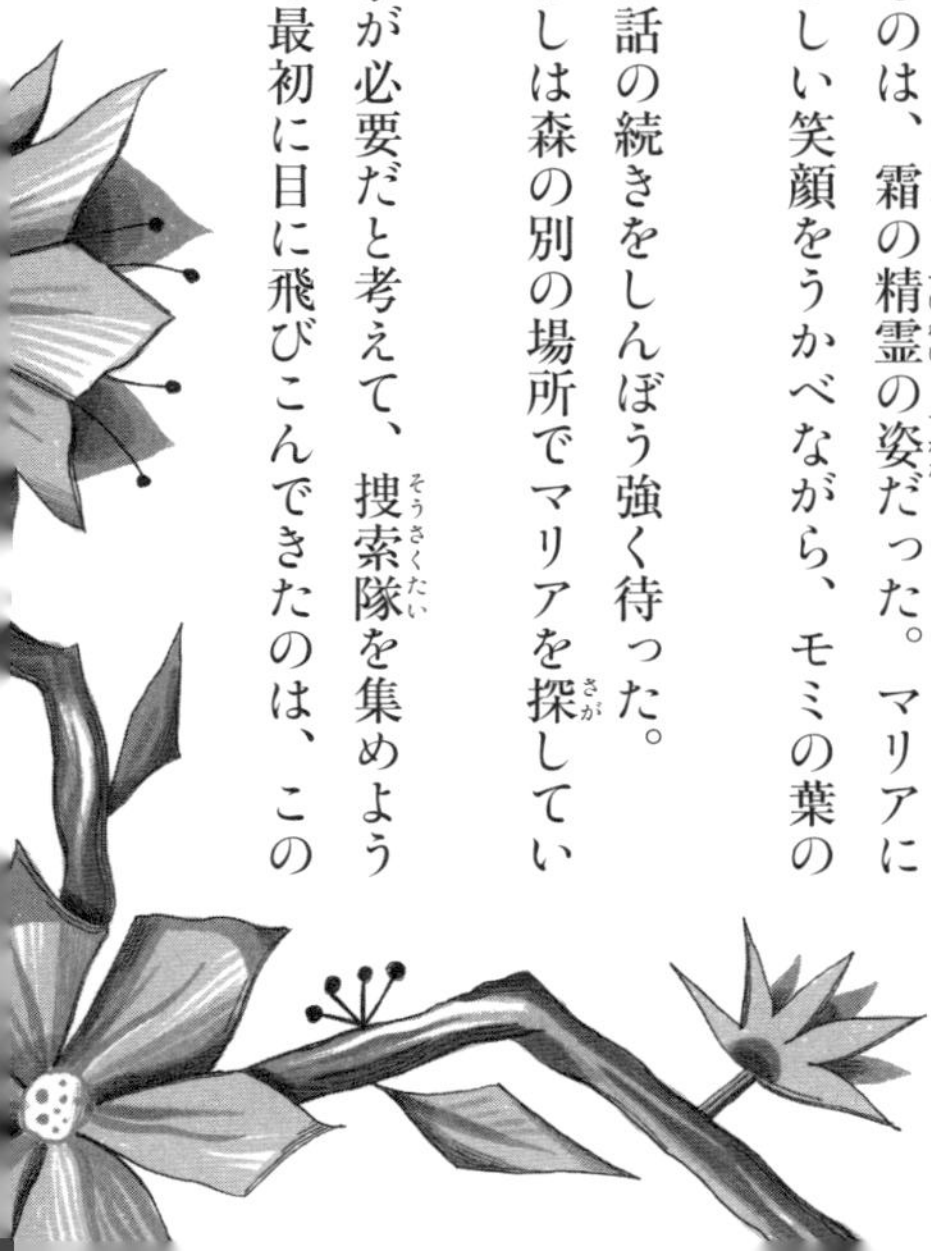

家のすぐ外で明るく光る輪だった。目をこらすと、輪の中にマリアの姿《すがた》があった。緑色の毛布《もうふ》にくるまっていた。

わしはマリアにかけよった。今まで、雪の上でも草の上でも、あのときほど速く走ったことはない。マリアをだきあげ、家の中に運んだ。マリアの体は氷のように冷えきっていた。くちびるは真っ青で、息は弱々《よわよわ》しかった。でも、マリアは生きていた」

おじいちゃんの肌《はだ》にきざまれたしわのあいだを涙《なみだ》が伝い、ひげの中に消えていった。

「ストーブで、まさにこのストーブだぞ、体があったまると、マリアは話してくれた。モミの木の下でねむってしまったこと、霜《しも》の精霊《せいれい》が老人の姿《すがた》になって現《あらわ》れ、毛布《もうふ》でくるんでこごえるのをふせぎ、家まで運んでくれたことを。その話は寒さのあまりに見たまぼろしだと思うところだったが、本当に毛布《もうふ》がそこにあったからな。毛布《もうふ》からは、モミの葉と霜《しも》のにおいがしたよ。かわかそうとストーブのそばに置いてあったのに、次の日の朝には、毛布《もうふ》は消えていた。毛布《もうふ》のあった場所の床《ゆか》には、小さな水たまりができていて、モミの葉がいくつかうかんでいたんだよ」

おじいちゃんはターシャに向かってほほえんだ。

「そして、マリアのかごにはプレゼントが入っていたんだ」

「プレゼント？」

「ヤドリギの小枝《こえだ》、ヤナギの枝《えだ》、松ぼっくりといっしょに、すべすべした青い石が入っていたのさ。マリアは拾った覚えがないらしい」

アリアナがくれたのも青い石だった！

「その石は、たそがれどきのうす明かりのようにきらきらしていたよ。マリアはその石をネックレスにして、毎日つけていた」

ふとターシャは、ある場面を思い出した。やわらかそうな白い髪《かみ》をカールさせた女の人が、ターシャをだきあげていた。そのころ、ターシャはまだ一歳《さい》か二歳《さい》だったにちがいない。自分のぽっちゃりした小さな指が、女の人の首についているなめらかな青いペンダントをつかむところまで、思いえがくことができた。

「思い出した！　おばあちゃんがそのネックレスをつけてるの、覚えてる！」

「ばあちゃんのことをまだ覚えているなんて、うれしいよ」

おじいちゃんの顔がほころんだけれど、すぐにまじめな表情《ひょうじょう》になった。

「ターシェンカ、精霊《せいれい》の話はさておき、危《あぶ》ないことはしないって約束しておくれ。じいちゃんはあの夜、マリアのことでこわい思いをしたし、マリアもこわい思いをした。道にまよって木の下でねむってしまったことを、ずっと後悔《こうかい》していたよ」

「うん、約束する」

立ちあがってストーブの火にもう一本薪《まき》をくべたターシャは、カーテンのすきまからぼんやりした光がもれてくるのに気がついた。おじいちゃんの話を聞いているあいだに夜が明けて、もうヤギとニワトリの世話をする時間になっていたのだ。ターシャはコートを取ろうとして、手をとめた。むちをふるヒュッという音と、馬のひづめが雪をザクザクとふむ音が聞こえる。ティムールにしてはひづめの音が大きいから、たぶん近所の人だ。でも、人の家をたずねるには時間が早すぎる。

「何ごともなければいいんだが」

おじいちゃんの言葉に、うんといってから、ターシャはカーテンを開けた。目をこらすと、雪が降《ふ》りしきる中、馬とそりが近づいてくるのが見える。そりに乗っている人は何枚《まい》も服を着こんでいたけれど、緑の毛糸のぼうしから雪まみれの赤毛がはみ出しているのを見てだれだかわかった。

「エディアだよ」

ターシャは出むかえようとドアに向かった。この数週間というもの、谷で耳にする知らせはどれも、厳《きび》しい冬が原因《げんいん》で起きる問題ばかりだった。

「こんな早朝にもうしわけない」

エディアはあやまりながら、ドアから入ってきた。雪まじりの冷たい風もいっしょにふきこんできて、おじいちゃんの咳《せき》とぜいぜいいう苦しげな息づかいがまたはじまる。

ターシャは急いでドアを閉《し》め、エディアは顔についた雪をはらい落とした。

「エディア、どうかしたの？」

居間《いま》へ入ってきたママが声をかけた。すぐにパパも入ってきた。

「大変な夜だったんだよ」

エディアは重たい荷物を肩《かた》にのせているかのように背中《せなか》を丸め、いつもは陽気な顔にはつかれがにじんでいる。

「病気のヒツジがまたふえたから、徹夜《てつや》で看病《かんびょう》してた。そうしたら、この寒さで穀物《こくもつ》倉庫にひびが入って、まっぷたつに割《わ》れてしまったんだ。倉庫にあった半分近くが、しめってだめになってしまってね。残った穀物《こくもつ》を貯蔵樽《ちょぞうだる》にうつすのに、手を貸《か》してもらえるとありがたいんだが。たくわえがすっかり減《へ》ってしまったから、これ以上失うわけにいかないんだよ」

「もちろん手伝うわ」

ママがいった。パパもうなずき、コートを着はじめた。

「わたしも手伝う」

「ターシャ、あなたは家にいて、おじいちゃんのお世話をしててくれる？」

ママは心配そうにおじいちゃんを見た。さっき咳《せ》きこんでから、息づかいがまだぜいぜいとあらくて苦しそうだ。

「厚着《あつぎ》をしていけば、わしも手伝えるぞ」

おじいちゃんは立ちあがりかけたけれど、ママが厳《きび》しい目つきでおじいちゃんを見た。

「父さんは、咳《せき》が治るか、気候が暖《あたた》かくなるまで外に出ちゃだめ」

「外はこおりつくような寒さだよ、イヴァン。暖《あたた》かくしといたほうがいい。でも気持ちはうれしいよ。ありがとう」

エディアの言葉に、おじいちゃんはもどかしげにため息をついた。

「冬が早く終わってくれればなあ」

「わたしもそう思う」

ママがつぶやきながら、おじいちゃんの体に毛布《もうふ》をもう一枚巻《まいま》きつけた。

パパとママ、エディアを見送りながら、ターシャの心はしずむ。厳《きび》しい冬のせいで、問題がたくさん起きている。ドアからまた冷たい空気が流れこむと、おじいちゃんがまた咳《せ》きこみ出した。ようやく息が落ちついてから、おじいちゃんはターシャに向きなおった。これから秘密《ひみつ》を打ち明けるみたいに、身を乗りだしてくる。

「ノナが来たときのことを覚えてるかい？　スノードロップやヤマネコを恋《こい》しがってお

った」

「おじいちゃんは、どうにかしてそれらを呼《よ》べないかなあっていってたね」

「その通り！」

おじいちゃんは目をかがやかせた。

「ノナには笑われたが、実はそのことをずっと考えとった。それがな、うまくいくかもしれんアイデアを思いついた」

「どんなアイデア？」

ターシャは好奇心《こうきしん》をそそられた。

「それを話すには、屋根裏部屋《やねうら》へ行く必要があるな」

おじいちゃんは立ちあがった。

「屋根裏部屋《やねうら》は寒いよ。また咳《せき》が出るかもしれない」

「コートを着るからだいじょうぶさ」

おじいちゃんの目が生き生きとしていたから、ターシャはだめといえなくなった。こんなにわくわくしているおじいちゃんを見るのは、ひさしぶりだ。

「それじゃあ、屋根裏部屋《やねうら》へ行こう、おじいちゃん。そこで、スノードロップとヤマネコの呼《よ》び出し作戦を聞かせて」

19 屋根裏部屋《やねうら》にて

ターシャはおじいちゃんがコートを着るのを手伝ってから、オイルランプに火をともした。それから、おじいちゃんのあとに続いて階段《かいだん》をあがっていった。好奇心《こうきしん》がうずうずする。スノードロップとヤマネコを呼《よ》ぶアイデアって、いったいなんだろう？　どうしてそれが屋根裏《やねうら》部屋と関係あるの？

屋根裏《やねうら》部屋に続く木の階段《かいだん》は急だったけれど、おじいちゃんはあいかわらず目をかがやかせながら、なんとか階段をのぼっていく。天井の低い小さな屋根裏《やねうら》部屋は寒く、ほこりが立ちこめていた。いろんな形や大きさの木箱が、ぎっしりと高く積みあげられている。こわれたまま修理《しゅうり》もされていない数台の糸車も放置されていた。

見おぼえのあるおじいちゃんの字で書かれたラベルがはってある箱がほとんどだ。

スヴェトラーナの絵（七歳《さい》）。予備《よび》の織機《おりき》。マリアの服。予備《よび》のオイルランプ。手紙とカード類。スヴェトラーナのベビー服とおもちゃ。ドライフラワー他、貴重品《きちょうひん》。

「あったぞ」

おじいちゃんは「イヴァンのよそゆきの服」というラベルがはられた木箱の前で立ちどまった。ターシャはとまどって首をかしげた。

おじいちゃんのよそゆきの服が、春を呼《よ》ぶのとどう関係するの？

ふうっと息をふきかけてほこりをはらってから、おじいちゃんはそっと箱のふたを開けた。ターシャがのぞきこむと、きちんとたたまれた服が何枚《なんまい》も重ねて入っている。いちばん上は丈《たけ》の長い白のチュニックで、えりとそでの周りに青い雪の結晶《けっしょう》が刺繍《ししゅう》されている。腰《こし》に巻《ま》く青いベルトと、同じ色のズボンもあった。

「マリア手作りの服だ」

雪の結晶《けっしょう》の刺繍《ししゅう》をそっとなでながら、おじいちゃんが静かにいった。

「おばあちゃんが？」

ターシャはその繊細《せんさい》な細かい模様《もよう》に見とれた。

「マリアは毎年、じいちゃんとおまえのママに新しい服を作って刺繍《ししゅう》をしてくれたんだ。真冬の雪祭りに着ていくためにな。これはマリアが作った最後の服なんだが、一度も着とらん」

「どうして？　こんなにすてきなのに」

「祭りの何週間か前にマリアが死んで、とてもじゃないが、よそゆきの服を着て祝う気にはなれんかった。それに、正直なところ、その次の年も、はあ、そのまた次も無理だった……。マリアは毎年、祭りの準備《じゅんび》を手伝っていたんだよ。真冬の雪祭りが大好きだったんだ。一年でいちばん苦しい時期だからこそ、谷のみんなで力を合わせるために祭りが大切なんだといっておった。雪が降《ふ》ると谷で動き回るのがむずかしくなって、だれもが孤立《こりつ》しがちだ。だが、ひと晩《ばん》でもいいからどうにかして集まって、食べたり歌ったりおどったりすれば、あまりさびしく感じなくてすむとね」

「お祭りって、なんだかすてきそう」

「すてきだったとも。祭りは真冬にあるから、これで冬のいちばん厳《きび》しい時期は終わるぞっていう、最高の気分を味わえるんだ。いつも、祭りが終わると森ではヤマネコが鳴きはじめ、雪の中からスノードロップの芽が出てきたもんだ。春が来るきざしだな。いろんな意味で、真冬の雪祭りは春の訪《おとず》れを祝うものだ。もしかすると……、もしかすると、祭りそのものが春を呼《よ》んでいたのかもしれん」

おじいちゃんの目は、さらにかがやきを増《ま》した。

ターシャの心の中で、おじいちゃんの言葉を少しだけ疑《うたが》う気持ちがわいた。まさか、真冬の雪祭りにさそわれて、ヤマネコやスノードロップが出てきてたなんて、そんなわけないよ。でも、おじいちゃんはとてもわくわくしているようだから、ターシャはその疑《うたが》いを口には出さず、かわりにこういった。

「真冬の雪祭りを開けば、春が来るかもしれないってこと？」

「そうだ。ターシェンカ、ありえないと思うだろうが、本当にうまくいきそうな気がしてるんだよ。少なくとも楽しいのはたしかだ。試してみる価値《かち》はあるんじゃないか？　マリアが死んでしばらくして、真冬の雪祭りはとだえてしまった。準備《じゅんび》を手伝うマリアがいなくなったせいもあるが、谷の住人が減《へ》ったからなんだ。もう七年は祭りを開いていないな」

おじいちゃんは屋根裏《やねうら》部屋にある箱を見回し、別の木箱に目をとめた。「スヴェトラーナの真冬の雪祭りのドレス」というラベルがはってある。

「おまえやママとパパと祭りに行けたらいいだろうなあ。ここにせっかく全員分の服があるんだ、みんなでマリアが刺繍《ししゅう》した服を着て祭りに行こう。まるでマリアもいっしょにいるみたいじゃないか？」

おじいちゃんの目に涙《なみだ》がうかんだのを見て、ターシャの胸《むね》は痛《いた》んだ。

「すばらしいアイデアだね。準備《じゅんび》を手伝うよ」

その言葉が口から出たとたん、しなければいけないことが頭の中でうずを巻《ま》きはじめ

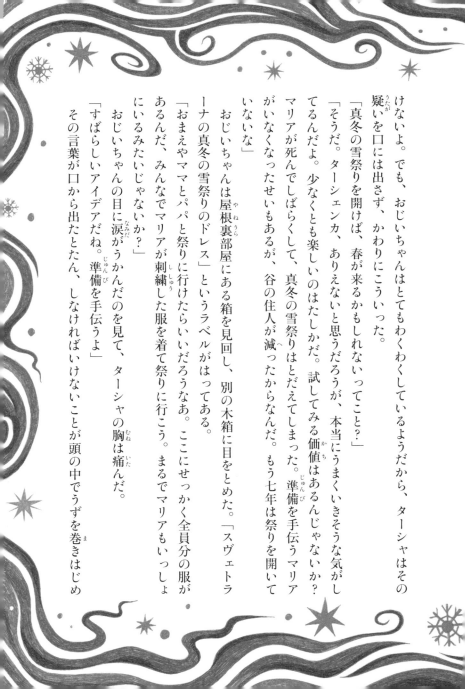

て、不安がむくむくとわきおこる。農場から出ていって、みんなと話して、説得《せっとく》しなきゃいけない。クララとマイカとの関係をどうにかしなきゃいけない。それと、もう二度とヒイラギの小枝《こえだ》をこおらせないよう気をつけないと。ターシャはゆっくりと息をはき、ポケットに手を入れてなめらかな青い石をにぎり、不安を落ちつかせようとした。おじいちゃんのためなら、きっとできる。

「お祭りまでは、あとどれくらい？」

「二週間もないな。準備《じゅんび》する期間は短いが、谷のみんなは協力してくれるはずだよ。ノナはマリアといっしょに準備《じゅんび》を手伝っていたから、何をすべきかくわしく知っとるだろう。それに、クララとマイカも喜《よろこ》んで手伝ってくれるだろうし」

あの日以来、クララとマイカをさけていたことをまた思い出し、ターシャのうしろめたい気持ちが強まった。

おじいちゃんが「スヴェトラーナの真冬の雪祭りのドレス」の箱のふたを開け、ターシャは中に入っている服を見た。きれい！　ほとんどの服が青と白の色合いで、銀色の糸でうずまきや雪の結晶《けっしょう》の繊細《せんさい》な模様《もよう》が刺繍《ししゅう》されている。アリアナが着そうなドレスだ。

「おばあちゃんはママに、毎年真冬の雪祭りのために新しいドレスを作ってやっていた。それが全部この中に入っとる。一枚《まい》くらいは、おまえの体にぴったりなのもあるだろう」

ターシャは厚手《あつで》のベルベット地の、濃《こ》い紺色《こんいろ》のドレスに手をのばした。たくさんの星がていねいに刺繍《ししゅう》され、星座《せいざ》の形にならんでいる。そのドレスを手に取り、体にあててみた。ハイネックに長そで、長いスカートのすそが広がり、深いポケットはスケッチブックと鉛筆《えんぴつ》を入れるのにちょうどよさそうだ。

「これを着て、真冬の雪祭りにいっしょに行きたいな」

おじいちゃんが笑顔になったのを見て、ターシャは覚悟《かくご》を決めた。

「パパとママが帰ってきたら、すぐノナおばさんの家に行って相談してみる」

「ありがとう、ターシェンカ」

おじいちゃんがまたほほえむ。でも深く息をすうと、胸《むね》がぜいぜいと音を立てる。

「もうおりようよ。おじいちゃんはあったかい居間《いま》にもどらなきゃ。あとでパパとママに手伝ってもらって、服を取りに来ればいいから」

おじいちゃんはそうだなといい、ターシャに支《ささ》えられて階段《かいだん》をおりた。居間《いま》に入ると、部屋が明るい光に照らされていたのでターシャはおどろいた。窓《まど》の外では雪がやんでいる。青い空に太陽が出ていて、谷に光を投げかけ、積もった雪がきらきらとかがやいている。おじいちゃんは笑いながら、いすにどさりと腰《こし》をおろした。

「ごらん、ターシェンカ！　真冬の雪祭りの話をしただけで、天気がよくなったぞ！」

ターシャはとっさに笑顔を作ったけれど、おなかがまたもや痛《いた》くなる。

アリアナはどうなるの？

おじいちゃんのために祭りの計画を進めたいけど、おじいちゃんの考えが正しくて本当に春が来たら、アリアナはいなくなってしまう。

「ヤギとニワトリにえさをやってきていいかな？」

ターシャはコートを着てぼうしをかぶった。新鮮《しんせん》な空気をすえば、いい考えがうかぶかもしれない。お祭りまで、あと二週間。

それまでに、アリアナがずっとここにいられる方法を見つければ。

20

元気になるお茶

パパとママは、お昼よりかなり前に帰ってきた。つかれたようすだったけれど、天気がよくなってうれしそうだ。

ターシャは早めの昼食の用意を手伝った。『ドラニキ』と呼《よ》ばれるじゃがいもと玉ねぎのパンケーキに、炒《いた》めたきのことサワークリームをそえ、飲み物は熱くてあまいお茶だ。食べながら、ターシャとおじいちゃんは、真冬の雪祭りを復活《ふっかつ》させる計画をパパとママに話した。

ふたりとも、大賛成《だいさんせい》だった。ママは昔の祭りの思い出話をして、共同納屋《なや》の飾《かざ》りつけの話でパパともりあがった。壁《かべ》に、大きな風景画をかこうとまでいい出した。

食べ終わってから、ターシャは祭りの計画について相談するために、ノナおばさんの家までスキーで出かけたいと話した。ママはいっしょに行くといってくれたけれど、とてもつかれていそうだったから、ターシャはひとりでだいじょうぶだと断《ことわ》った。

きっと、何か方法があるはず。

ノナおばさんの家へ向かいながら、ターシャは考えた。アリアナが氷の洞窟《どうくつ》にいて、自分で作った氷の花に囲《かこ》まれている姿《すがた》を想像《そうぞう》する。アリアナに本物の花を見せてあげたら、喜《よろこ》ぶだろうなあ！　つぼみが開き、鳥が巣を作り、ヤギの赤ちゃんが生まれる。そんな春の美しさを何もかも見せてあげたい。ターシャは空想にふけりながら、スキーで雪のふきだまりをこえていった。

ようやくノナおばさんの家に着くころには、空気は冷たかったけれど、ターシャは汗《あせ》をかいていた。勇気を出そうと深呼吸《しんこきゅう》する。アイデアを話してくれたときの、おじいちゃんの目のかがやきを思いうかべる。意を決すると、ターシャは玄関《げんかん》のドア前まで行き、力強くノックした。

すぐにノナおばさんがドアを開けた。きっと、ターシャが来るのを窓《まど》から見ていたにちがいない。

「何かあったのかい？」

「いいえ、別に。それより――」

「それならよかった」

ノナおばさんがさえぎった。

「あんたが来るのを見て、何かあったんじゃないかと思ってたんだ。ここ最近、谷で聞くのは悪い知らせばかりだからね」

「ノナおばさんにお話があって来たんです」

「さっさとお入り。部屋のぬくい空気がさめちゃう。今日はいい天気だけど、まだ寒いねえ」

ノナおばさんはターシャを家にまねき入れた。ターシャはすっかりかじかんだ指で、ぎこちなくスキーをはずす。ようやく中に入ると、暖《あたた》かい空気にふれて肌《はだ》がじんじん痛《いた》む。重ねていた上着をぬぎはじめた。

「あったかい飲み物でもいれよう。あんたには、『元気になるお茶』にしようかねえ」

ノナおばさんはストーブのそばへ行き、鍋《なべ》をいくつかどけ食器棚《しょっきだな》にならぶたくさんのガラスびんを手に取りはじめた。どのびんにも乾燥《かんそう》させた薬草や根っこがつまっている。

「おすわり。あんたの話を聞かせておくれ」

ノナおばさんはふり返らずにいった。

ターシャは、本当はノナおばさんの『元気になるお茶』は苦いから飲みたくなかったけれど、いわれた通りにひじかけいすのひとつに浅く腰《こし》かけた。

「おじいちゃんから、前はノナおばさんとうちのおばあちゃんが谷のみんなを集めて、真冬の雪祭りの準備《じゅんび》をしていたと聞きました」

　そこまで話して、いったん、口をつぐむ。祭りがヤマネコやスノードロップを呼《よ》ぶかもしれないという、おじいちゃんの考えはいわないでおくことにする。

「おじいちゃんは今年お祭りを再開《さいかい》したがっているんです。わたしが準備《じゅんび》するのに、ノナおばさんに協力してもらえたらと思って。おじいちゃんがきっと喜《よろこ》んでくれるし、何より楽しそうだから」

　ノナおばさんは背《せ》を向けたまま、ううむ、といった。一度選んだ緑色とオレンジ色の薬草のびんをもどして、かわりに金属製《きんぞくせい》の小さなつぼを取る。中身をすくってストーブの火にかけた鍋《なべ》のひとつに入れると、あまい香りがただよいはじめた。

「谷に住むみんなをたずねていかなきゃいけないよ、ターシャ。あたしが手伝うだけじゃ足りないからね」

　祭りの話をしたときの、おじいちゃんの笑顔と目のかがやきを思いうかべて、ターシャは力強くうなずいた。

「がんばります」

　ノナおばさんはふり返り、ターシャをおどろきの目で見た。

「へえ、今日のあんたは、弱虫のちっちゃなネズミらしくないことをいうね。この冬どう過ごしていたか知らないが、今のあんたは、ネズミから育ってネコくらいにはなったかね。もっと育ってキツネほどになったといってもいいね」

ノナおばさんがわたしの変化に気がついた！　自信がわいてくる。アリアナと森で過ごす時間のおかげで、人から見てはっきりわかるくらい勇敢《ゆうかん》になったみたいだ。

「ターシャ、と名前で呼《よ》ばれたいです」

ターシャの返事に、ノナおばさんはにやりとした。

ノナおばさんが鍋《なべ》の中身をふたつのマグカップに注ぐと、ノナおばさんの顔の周りに湯気が立ちのぼった。ローテーブルまで持ってきて、ひとつをターシャの前に置いた。

「ココアをいれることにしたよ。友達と飲むのにぴったりだからね、ターシャ」

目の前に置かれた泡《あわ》の立つあまい飲み物を見て、ターシャはにっこりとした。ノナおばさんの『元気になるお茶』を飲まなくてすんで、ほっとする。

「さて、あんたの思いつきの話をしようかね。すばらしいと思うよ。谷で真冬の雪祭りをまた開いてもいいころだ」

ノナおばさんは自分のカップをもって、フーッと息をふきかけた。

一時間もしないうちに、祭りの計画ができあがっていた。ターシャは、ノナおばさんの家からクララの家までまっすぐすべっていき、ドアをノックした。

引っこしてきて以来、よその家のドアをノックするのかと想像《そうぞう》しただけで、ターシャはひどく不安な気持ちになっていたものだ。そして今この瞬間《しゅんかん》、ドアの前に立ってだれかが出てくるのを待つあいだも、やっぱり不安に思いかけている。この不安な気持ちはいつか消えることがあるのだろうか。いや、おじいちゃんのためにやりとげよう。ターシャの決意は固かった。

ドアが開き、クララがにこにこしながら出むかえてくれた。ターシャがずっとクララをさけていたことを気にしていないようすなので、ターシャはほっとした。中にまねき入れてくれて、午後の残りはこぢんまりとした居心地《いごこち》のいい台所で、ふたりで祭りの計画を練った。横ではクララの双子《ふたご》の弟たち、レオとステファンがかくれんぼをしている。クララのお父さんのエディアとお母さんのガリアは、いそがしく出入りして、交代でヒツジ小屋の周りの雪かきをし、そのあいまにストーブにあたって手を温めていた。

エディアとガリアは、祭りのごちそうを作って、テーブルなどの大きなものをそりで共同納屋《なや》に運ぼうといってくれた。レオとステファンは大喜《よろこ》びで飾《かざ》りつけをするつもりで、クララはダンスはどんな曲にしようかと一生けんめい考えてくれた。ターシャははじめて知ったけれど、クララはバイオリンがひけて、谷に住むだれがどんな楽器を演奏《えんそう》できるかも知っていた。ふたりで馬のジノヴィーに乗って、谷中の家を回って祭りの計画を広めようとも、クララはいってくれた。

でもターシャは、クララといっしょにジノヴィーに乗るところを思いうかべて、やはりこわくなってしまった。アリアナやティムールと過《す》ごして前より勇敢《ゆうかん》にはなったかもしれないけれど、まだ、ジノヴィーに乗る勇気は出ない。ポケットの青い石をにぎって、深く息をすいこんだ。

「いっしょに行きたいけど、馬じゃなくてスキーにしない？」

クララはそれ以上何もいわず、賛成《さんせい》してくれた。ふたりは次の日も会って、マイカの家に行くことにした。

その夜も、ターシャは家をぬけだしてアリアナやキツネと会った。でも、くたくたにつかれていて、氷の洞窟《どうくつ》に向かうそりの中でねむってしまい、洞窟《どうくつ》の天井からぶら下がっている長いつららの下で目を覚ました。

「ごめんね。昨日はねてないし、今日はノナおばさんとクララに会いに行ったから、思ったよりつかれちゃったみたい」

アリアナは、にこにことしながら、小さい洞窟《どうくつ》のひとつにターシャを手まねきした。

そこにはウサギや鳥がまだ何羽かいて、寒さから回復《かいふく》する途中《とちゅう》だった。

ターシャは動物たちにきれいな干《ほ》し草《くさ》と食べ物をやった。それから、ウサギを一匹《ぴき》だっこして温めながら、アリアナに真冬の雪祭りの計画を話した。ターシャがわくわくしているのがわかって、アリアナもうれしそうだ。

ターシャはひと息ついてから、計画のいちばんすてきな部分を打ち明けた。

「春が来ても、アリアナがずっといられる方法を見つけるつもり。本物の花がさくところを見せてあげたい。それに……」

アリアナはおびえたように目を大きく見開いた。両手をあげて、首を横にふる。それから、指をスノードロップがさくときの形にした。指先で胸《むね》にふれてから、両手を大きく広げて、何かを空気にまき散らすような仕草をする。

「わたし、消える」

アリアナのつぶやきに、ターシャは石を投げられたかのような気持ちになった。

「お願い。アリアナに春を見せてあげたいの。ぜったい好きになると思うの！　花がさいて、鳥が鳴いて、ヤギの赤ちゃんが生まれて……」

ターシャの声はだんだん小さくなっていった。アリアナはもう話を聞いていないようだった。立ちあがって、そりにもどろうとターシャをうながした。

ターシャはため息をついて、アリアナについていった。きっと、アリアナがこの話をしたくないのは、きちんとした計画をターシャがまだ立てていないからだ。めどが立てば、アリアナも前向きになってくれる。それまでは、いっしょにただ楽しく過《す》ごそう。

アリアナとターシャはそりに乗り、山をくだって森をぬけていった。ふたりで作った小さなドーム型《がた》の雪の家まで来ると、キツネもいっしょに中にもぐりこみ、アーチになった入り口から、どこまでも広がる星空を見上げた。

ターシャは知っている星座《せいざ》を指さし、両親やおじいちゃんから聞いた星座《せいざ》にまつわる物語を話した。話を聞きながら、アリアナは両手を丸め、手の中に小さなうずを巻《ま》く雪雲を作った。アリアナがその雲を投げると、中の雪が散らばり、ターシャの物語の登場人物たちがきらめく姿《すがた》になって現《あらわ》れ、星空でおどっては消えていった。

ターシャは、うっとりとながめて、物語のことを思いうかべる。どのお話も何千年も語りつがれている。現実《げんじつ》ばなれした内容《ないよう》が多いけれど、知恵《ちえ》や真実がかくれている。

そうだ！　ターシャは、突然《とつぜん》、ひらめいた。

物語の中に、どうやったらアリアナがここにいられるかの答えがあるかもしれない！

おじいちゃんが知っている雪娘《ゆきむすめ》の昔話はどれも、風で北へと運ばれていったという結末ばかりだった。でも、マイカの話はちがっていた。あの話の中では、人間が雪の精霊《せいれい》になっていた。それが可能《かのう》なら、逆《ぎゃく》もありえるのでは？　雪の精霊《せいれい》が人間になれるとしたら？　そんな魔法《まほう》があれば、春が来てもアリアナはここにいられるかもしれない。

ターシャの顔から笑みがこぼれた。手がかりを見つけた。昔話をもっと集めるにはだれに相談したらいいかも、わかっている。明日クララといっしょにマイカの家に行ったら、マイカにたのんで、おばあちゃんのヴィータに聞いてみよう。

アリアナはふわふわした毛布《もうふ》をターシャの肩《かた》にかけてくれた。キツネは温かい体を寄《よ》せてくれる。それで、ターシャは自分が寒さでふるえていることに気がついた。もう家に帰る時間だ。ターシャはアリアナのかがやく顔をのぞきこんだ。目はきらきら光り、口元はいつものほほえみをうかべている。伝えたいことはたくさんあるけれど、ふさわしい言葉は見つからなかった。

「ありがとう、アリアナ。何もかも」

ターシャは、やっとそれだけいった。

その夜、ティムールはゆっくりとそりを引いて家へともどってくれた。ターシャはアリアナと星空を見つめ、胸《むね》の中に希望の光が生まれたのを感じた。このお話は、最後はハッピーエンドになるんだ。わたしが、きっとそうする。

21 真冬の音楽

翌朝《よくあさ》、ターシャは早くに目が覚めた。早くクララとマイカに会いたい、雪の精霊《せいれい》の昔話をもっと知っているか、マイカのおばあちゃんのヴィータに聞きたい。家畜《かちく》小屋をすばやくそうじし、朝ごはんもさっさとすませ、ターシャはスキーをはいて家を出た。

空はまた青く晴れわたり、太陽が光りかがやいている。まだ地面には雪が厚《あつ》く積もって空気も冷たいけれど、これまでの長い寒い期間にくらべたら、氷のような冷たさがやわらいでいる。クララは待ちきれないようすでターシャを笑顔で出むかえてくれた。谷の北西部にあるマイカの家に向かう途中《とちゅう》、ずっと真冬の雪祭りの話をしていた。

マイカの家に着くと、ターシャとクララは、居間《いま》で、マイカ、ラーヤ、ヴィータといっしょにシナモンとクローブ入りのあまいお茶を飲み、『ブリヌイ』という小さなパンケーキに、ヴィータ手作りのスモモのジャムをぬって食べた。ほとんどはクララがしゃべり、熱心にお祭りの説明をしていた。ターシャはさりげなく雪の精霊《せいれい》の話題を出すにはどうしようかと考えていた。

けれどおどろいたことに、クララが次のブリヌイを食べようと静かになったとき、マイカのほうから雪の精霊《せいれい》のことを話し出した。湖でスケートをした日、あんな話をしなきゃよかったねといい、こわがらせてしまったとあやまった。

「ぜんぜん。あの日はつかれてて、気分がよくなかっただけ。あの話、すごく好きだよ。ほかにも雪の精霊《せいれい》の物語があれば、聞きたいと思ってるくらい」

「うちのおばあちゃんなら山ほど知ってるよ」

そこで、ターシャは、ためらいがちにたずねた。

「雪の精霊《せいれい》が人間に変わる話はあるのかな？　ほら、マイカがしてくれた話の逆《ぎやく》で」

それを聞いたマイカは、ターシャにはわからない言葉でヴィータと話したが、結局、ヴィータは首を横にふった。

「そういう話は記憶《きおく》にないってさ。でも、生まれ育った村からもってきた、昔話の古い本が何冊《なんさつ》かあるんだって。何日かかかるけど、それを訳《やく》してぼくに教えてくれるっていってる。もしかしたら、その中にあるかもしれないよ」

「わあ、うれしいです。ありがとうございます」

ターシャはヴィータに笑いかけた。

話題はすぐに真冬の雪祭りにもどった。やらなければならないことが数えきれないほどあるとわかり、もうじっとすわってはいられなかった。三人で谷あいを回って、みんなに祭りの計画を説明して、準備《じゅんび》を進めないと。

それから数日が飛ぶように過《す》ぎた。ターシャは、夜はあいかわらずアリアナやキツネと過《す》ごし、毎朝ヤギやニワトリにえさをやってから、クララとマイカに会った。マイカに会うとかならず最初に、雪の精霊《せいれい》が人間に変わる話が見つかったかどうかたずねた。マイカが首をふり、ターシャの心はしずんだ。でも、いつもマイカが、まだ調べていない話がたくさん残っているというので、ターシャは希望をつなぐのだった。

谷のみんなを説得《せっとく》して祭りへの協力の約束を取りつけると、ターシャ、クララ、マイカの三人は共同納屋《なや》で仕事に取りかかった。まずは、そうじと飾《かざ》りつけからだ。

エディアとガリアが納屋《なや》に連れてきた双子《ふたご》のレオとステファンは、紙で雪の結晶《けっしょう》を作り、長いひもでつなげた壁飾《かべかざ》りをいくつも作った。谷の人たちは、家で見つくろった飾《かざ》りになりそうなものをかごに入れてもってきた。納屋《なや》には、葉っぱやベリー、松ぼっくりを飾《かざ》りにつけたヒイラギやヤナギのリースが、だんだんと集まった。

ママとパパは、壁《かべ》の二面に美しい雪景色をかいた。サビーナとエレーナは、枝《えだ》を天井からつるし、小さなろうそくをいくつもつけて、祭りの夜の明かりを準備《じゅんび》した。

エディアとガリアはテーブルをそりにのせて運びこむと、何本ものろうそくや、白樺《しらかば》やハシバミの枝《えだ》をさした花びんを置いて飾《かざ》りつけた。

ノナおばさんとヴィータのふたりは、何時間もノナおばさんの家で料理をしては、納《な》屋《や》にいるみんなに食事を届《とど》けた。ヤギのチーズをのせて焼いた『シャンギ』という丸くて平らなパイ。中にじゃがいも、きのこ、玉ねぎをつめた『ピロシキ』という小さなパイ。玉ねぎとハーブで炒《いた》めた塩漬《しおづ》けの魚。キャベツ、ニンジン、りんごの入ったザワークラウト。干《ほ》したベリーや麦芽を入れて焼いたさまざまな種類のあまいお菓子《かし》。

納屋《なや》からは毎日のように、祭りで演奏《えんそう》する曲を練習する音が聞こえてきた。クララはバイオリン。マイカはフルート、ラーヤは『グースリ』という弦楽器《げんがっき》。ダニーロは太鼓《たいこ》で、サビーナとエレーナは歌う。

一度は、サビーナが湖の向こう岸からヴァシリーとアナスタシアを連れてきて、全員そろってリハーサルをした。ヴァシリーがアコーディオンで美しい音色をかなで、アナスタシアの歌声がひびく。その日の納屋《なや》は気持ちのいい音で満たされ、感動したターシャは、それから何日も、歌を口ずさんで過《す》ごした。

クララやマイカ、近所の人たちといっしょにいる時間が長くなるにつれて、ターシャは、だんだん不安がやわらいでいくのに気がついた。そして、祭りが、心底、楽しみになっていた。ごちそうや音楽やダンスも楽しみだし、谷に住む人全員が集まって冬至《とうじ》をお祝いすることを思うと、何か満たされた気持ちになった。この計画に関わっているなんて、自分をほめてやりたい。谷に引っこしてきて、自分もこの小さな集まりの一員なんだと、ついに思えるようになったのだから。

毎晩《まいばん》会ってはいたけれど、ターシャとアリアナがいっしょに過《す》ごす時間は短くなっていった。昼は祭りの準備《じゅんび》でいそがしく、ターシャはつかれていた。アリアナのほうもつかれているようで、目のきらめきがいくらか減《へ》り、肌《はだ》のかがやきは弱くなっている。ターシャは、気候が暖《あたた》かくなっているせいではと、心配になった。今では、昼間だけでなく、夜も寒さがやわらぎはじめている。アリアナはそりに乗って、さらに北の森のいちばん寒い場所へ向かうようになった。まだ松の木陰《こかげ》で氷と雪が厚《あつ》く残り、銀色にかがやいている場所だ。そこに行けば、アリアナは元気になって笑顔を取りもどし、ふたりいっしょに星空の下で夜の動物たちをながめるのだった。

毎晩《まいばん》、ふたりの助けを必要とする動物は少なくなっていった。飢《う》えていそうな動物はまだ多かったけれど、寒さで苦しんでいる動物はかなり減《へ》ったようだった。氷の洞窟《どうくつ》からは、世話していた小さな動物たちがだんだんといなくなっていった。ある夜には、洞窟《どうくつ》でとけかけたつららのしずくが上から落ちてきた。ターシャは、あせりを感じて息苦しくなった。アリアナを救《すく》うための物語を、早く見つけないと。

しばらくすると寒さがやわらいだおかげか、おじいちゃんの咳《せき》が減《へ》り、息が楽にできるようになった。祭りの二日前、おじいちゃんはエレーナのそりに乗せてもらって共同納屋《なや》へやってきた。納屋《なや》にいるあいだずっと、おじいちゃんはにこにこしていて、ターシャといっしょに歩いて家に帰る元気もあった。ふたりで雪の上に残っている動物の足跡《あしあと》を探《さが》したり、道ぞいの石壁《いしかべ》でネズミやイタチを見つけたりした。

次の日、つまり祭りの前日には、谷中が興奮《こうふん》のうずに巻《ま》きこまれていた。エディアとガリアのそりはたくさんの鈴《すず》で飾《かざ》られ、谷の人たちを乗せて納屋《なや》を出入りするたびに、楽しげな鈴《すず》の音がひびいた。夕方にはすべての準備《じゅんび》が整い、納屋《なや》はとてもきれいに飾《かざ》りつけられていた。いつの間にか冬の魔法《まほう》にかけられたみたいだった。

テーブルにはお皿、カップ、ろうそく、花びんがならべられ、何もかも用意ができていた。料理はノナおばさんの台所に大切にしまってあった。さらに、ノナおばさんの家の冷蔵《れいぞう》倉庫にはシカ肉が何切れかあった。祭りの日に共同納屋《なや》の大きな暖炉《だんろ》で焼くつもりらしい。

暖炉《だんろ》のそばには薪《まき》が積みあげられていた。ダンスする場所の周りはヤナギの枝《えだ》で飾《かざ》られ、暖炉《だんろ》の光に照らされて影《かげ》もいっしょにおどるはずだ。その日の午後、ターシャとクララは石の床《ゆか》に何枚《なんまい》かの毛織《けおり》のラグマットをしいた。パパとママが絵をかいた壁《かべ》には、雪景色の谷や森の木々《きぎ》が広がり、あちこちで動物たちが顔をのぞかせている。

その晩《ばん》、みんなはハグをして別れ、目をかがやかせながら、祭りで会おうと約束して帰っていった。祭りは明日の午後にはじまり、夜おそくまで続く予定だった。

ターシャとパパ、ママ、そしておじいちゃんはねる前に、それぞれのよそゆきの服をならべ、早めに「おやすみなさい」をいいあった。明日にそなえて、たっぷり休んでおく必要があるから。おじいちゃんがいちばんわくわくしていて、ターシャも幸せな気持ちになった。おじいちゃんのためにも、みんなのためにも、祭りを復活《ふっかつ》できてよかった。でも、ベッドで横になっていると、ターシャの頭の中はだんだんと、祭りからアリアナやキツネへと変わっていく。

その夜は、祭りにそなえてしっかり休めるように、アリアナたちと会わないつもりだった。それはアリアナがいい出したことだった。動きがおっくうそうになり、つかれた目をしていたのに、ターシャのために祭りの開催《かいさい》を喜《よろこ》んでくれているアリアナの気持ちが伝わってきた。

ターシャはアリアナのいない夜を過《す》ごしたくなかった。それでも、祭りの次の夜にはそりで山をのぼって氷の洞窟《どうくつ》や氷の滝《たき》に行こう、とアリアナが約束してくれたから、ターシャはしぶしぶ同意したのだった。

でも今、窓《まど》の外の雪や星空をながめていると、アリアナにどうしても会いたくなった。祭りが終わったら雪がとけて、森でヤマネコが鳴き、スノードロップが雪をおしのけて芽を出し、春が来る。そう思うとターシャの胸《むね》は痛《いた》んだ。アリアナとずっといっしょにいられる方法はないのか。どんどん時間がなくなっていく。

ヴィータの本にはまだ話がいくつも残っているとマイカはいうけれど、ターシャは本に手がかりがあるという望みをなくしていた。手の中で、アリアナにもらった青い石を何度もひっくり返す。どの物語にも書かれていない結末を、心の底から願う。

そのとき、外から鈴《すず》の鳴る音が聞こえてきて、ターシャはとまどいながら体を起こした。アリアナのそりの鈴《すず》だ。

何か、悪いことが起きたんだ。

ターシャはベッドから出てすばやく着がえると、アリアナに会いに、いつもの待ちあわせ場所であるヤギの放牧地のはずれへ向かった。

＊

アリアナのそりが、ターシャのほうへと走ってくる。でも、雪でぼんやりとしか見えないし、ひづめの音も聞こえない。ターシャは目をこらして、そりを引いている動物は何かと見つめた。馬より小さく犬よりは大きい三頭の動物が、横ならびで走ってくる。それが信じられないくらい大きなオオカミだとわかって、ターシャは息がとまりそうになった。白、銀、灰色《はいいろ》の三頭だ。月の光を浴びて歯や爪《つめ》をきらめかせながら、猛《もう》スピードでこちらへやってくる。

あまりのこわさに、その場から動けない。目がはなせず、息が速くなる。三頭のオオカミがどんどん近づいてきて、ターシャの本能《ほんのう》が逃《に》げろといっている。ターシャは、よろめきながらあとずさった。

オオカミたちはターシャの目の前でとまった。体から湯気があがり、はく息が白い雲になって、その周りを雪がまっている。アリアナはそりの中で立ちあがり、不安そうに顔をゆがめている。

何か、とんでもなく悪いことが起きたんだ。

ターシャは、胃《い》の辺りが急に重くなったように感じた。オオカミたちをよけて回りこみ、そりにのぼり、キツネのとなりにすわる。

アリアナが手綱《たづな》をふると、オオカミたちは出発した。すごいスピードで山をかけのぼっていく。冷たい風が顔を打って、息ができないほどだ。

着いたのは氷の洞窟《どうくつ》だった。わらをしいた上に、一匹《ぴき》の動物が横たわっている。大きな動物で、キツネの二倍はありそうだ。近づいて、ターシャははっとした。

メスのオオヤマネコだった。ターシャが今まで出会った中で、いちばん美しい動物。でもその姿《すがた》は、ターシャが山の上でおじいちゃんと見たヤマネコとはまったくちがっていた。やせ細って骨《ほね》と皮ばかりになり、足や胴体《どうたい》、顔にも深い切り傷《きず》を負っている。大きな爪《つめ》をもつ何かにおそわれたようだ。

もしかして、アナグマにやられた？　えさを取りあって争ったの？

ちょうど前の日、森からまだヤマネコの鳴き声がしないので、おじいちゃんが心配していた。この時期には、もうつがい相手を探《さが》して巣作りをしているはずなのにっていっていた。

ターシャは、悲しくなった。この状態《じょうたい》のヤマネコが、今、つがい相手や巣のことを考えられるわけがない。意識《いしき》がほぼなく、痛《いた》そうにうめいている。いくつかの傷口《きずぐち》からは、黄色や緑色の液体《えきたい》がにじみ出ている。

「傷《きず》が膿《う》んでる」

ターシャはヤマネコのそばにひざまずき、やせこけた体を痛《いた》ましげに見つめた。ヤマネコの体をびっしりおおった短い毛は銀色で、黒いぶちがある。手をのばして、ヤマネコの胸《むね》にそっとふれる。毛は羽根のようにやわらかく、あばら骨《ぼね》と、息をするたびに上下する肺《はい》の動きが感じられる。ターシャはヤマネコの顔をのぞきこんだ。琥珀《こはく》のような茶色い目の片方《かたほう》は開き、宙《ちゅう》を見つめている。もう片方《かたほう》の目は傷《きず》を負って閉《と》じている。

「化膿止《かのうど》めがいるね。それから包帯と食べ物もいる。共同納屋《なや》に取りに行こう」

ターシャはアリアナにそりにもどろうと合図し、谷を指さした。

アリアナから手綱《たづな》をわたされた。ターシャはためらわず手綱《たづな》をきつくにぎりしめた。アリアナとキツネを乗せ、直感のままオオカミを誘導《ゆうどう》し山をくだって納屋《なや》をめざす。

ターシャの頭にあったのは、できるだけ早く共同納屋《なや》に行くこと、そして、ヤマネコを助けるのに必要なものを見つけることだけだった。

22

吹雪《ふぶき》

オオカミがそりを引いて雪崩《なだれ》のような速さで走るあいだ、ターシャは手綱《たづな》をにぎりしめていた。オオカミに進む道を伝えるには、右か左に手綱《たづな》をそっと動かすだけでよかった。そうして森をぬけ、月に照らされた雪のふきだまりをこえて、谷におりてきた。共同納屋《なや》が見えてくると、ターシャは手綱《たづな》を引き、オオカミたちはスピードをゆるめ、近くの松の木の根元でとまった。

ターシャはそりから飛びおりて、納屋《なや》まで走っていった。窓枠《まどわく》に置いてある鍵《かぎ》を取り、ドアを開けて、納屋《なや》の暗闇《くらやみ》に足をふみ入れた。

その日の午後、クララといっしょにしいたラグマットの上に、ブーツについた雪を残してしまったことにも、ターシャは気がつかなかった。納屋《なや》の裏《うら》にある貯蔵庫《ちょぞうこ》へ急ぎ、ノナおばさんの薬が入っている木箱の中をひっかきまわして探《さが》した。

暗すぎてガラスびんのラベルが読めない。もどかしさにうめき声をあげ、部屋のすみのオイルランプに火をともした。ランプの金色の光が広がると、ターシャはまた探《さが》しはじめた。ひとつひとつ、びんのラベルを見る。

コケモモ＝胃《い》の病気。カキネガラシ＝のどの痛《いた》み。バーベナ＝力をつける……。

あった！　ターメリックとはちみつの軟膏《なんこう》＝化膿《かのう》した傷《きず》に効《き》く。

ターシャはほっとしてため息をつき、その小びんをポケットにすべりこませた。包帯もひと巻《まき》手にしてから、ヤマネコが好きそうな食べ物はないか、棚《たな》を見わたす。干《ほ》し魚《ざかな》のびんと、ヒツジの塩《しお》漬《づ》け肉のびんを手に取った。でも、ヤマネコがこういう保存食《ほぞんしょく》を食べてくれるのかな。ふだんは新鮮《しんせん》な肉じゃないと食べないのでは。

そうだ！　祭りで焼く予定のシカの肉が、ノナおばさんの家の冷蔵《れいぞう》倉庫にしまってある。勝手に取るのは悪いことだけれど、ヤマネコが回復《かいふく》するには栄養のある食べ物がいる。新鮮《しんせん》な肉ならヤマネコにぴったりだ。ターシャは、もうまよわなかった。

オイルランプの火を消し、走ってそりにもどった。薬のびんや包帯を、席のうしろのふわふわした毛布《もうふ》にくるむ。そしてふたたび手綱《たづな》を取ると、オオカミに畑を横切ってノナおばさんの家に向かわせた。

雪が降《ふ》りはじめた。はじめは弱く、ノナおばさんの家に近づくにつれて、激《はげ》しくなっていく。冷蔵《れいぞう》倉庫は家の裏《うら》にあった。二十メートルほどはなれたところにオオカミをとまらせ、足音を立てずにドアに近づいた。南京錠《なんきんじょう》がかかっているのを見て、ターシャは困《こま》ったと思ったものの、鍵《かぎ》を探《さが》した。もしかしたら、共同納屋《なや》の鍵《かぎ》みたいに、ノナおばさんはドアの近くに置いているかもしれない。でも、どこにも見つからなかった。

アリアナとキツネがそばに寄《よ》ってきた。アリアナが手をのばし、きらきら光る指で南《なん》京錠《きんじょう》にふれる。ふれた場所から霜《しも》が広がり厚《あつ》くなって、青と白の氷の層《そう》ができた。ヒイラギの小枝《こえだ》の記憶《きおく》が頭をよぎる。キーキーときしむ音がしたあと、金属《きんぞく》がポキッと折れる音が聞こえた。南京錠《なんきんじょう》は雪の上に落ちた。

ターシャはドアをおしあけ、中に入った。倉庫の冷たい空気と、天井の梁《はり》から肉の切り身がぶら下がる光景に、体をふるわせた。暗闇《くらやみ》で目をこらし、ようやく大きなひと切れを見つけた。あれはたぶん、シカの脚《あし》の肉だ。

高いところにあってターシャには手が届《とど》かないけれど、先にフックがついている長い棒《ぼう》を見つけたので、それを使ってシカの肉をおろすことにした。思っていたよりも重かったので、ターシャはよろめいてほかの肉にぶつかり、それが金具にあたった。耳ざわりなガチャンという音が倉庫にひびき、ターシャはちぢみあがった。どうか、ノナおばさんが目を覚ましませんように。近くの棚《たな》に積んであった清潔《せいけつ》な布《ぬの》で肉を包んでから、あわてて外に出た。

キツネはターシャを待っていたけれど、アリアナはそりにもどっていた。雪が激《はげ》しく降《ふ》り、アリアナの姿《すがた》はぼやけて見えない。ターシャはできるだけ急いでアリアナに向かって走った。うしろからキツネが追いかけてくる。腕《うで》にはシカの肉の包みをしっかりとかかえていた。思わず笑みがこぼれた。これで全部そろった。ヤマネコを助けられる。

うしろにある家からドアがきしむ音が聞こえた。ふり返らなくても、ドアが開いてノナおばさんが出てきたことがわかった。ノナおばさんのブーツが雪をふみしめる音が聞こえ、ノナおばさんのもっているオイルランプの光がターシャの視界《しかい》のすみでちらつく。

頭の中を、いろんな考えがかけめぐった。

そりに走っていって、ノナおばさんに見られる前に逃《に》げたほうがいい？　それとも、ふり向いてノナおばさんに事情《じじょう》を説明すべき？

肉を勝手に取るのはもちろん悪いことだけど、ノナおばさんなら、ヤマネコを助けるっていう目的を理解《りかい》してくれるかもしれない。

「そこにいるのはだれだい？」

問いかけるノナおばさんの声が、暗闇《くらやみ》にひびく。厳《きび》しく責《せ》めるような声だけれど、かすかに不安も伝わってくる。

ターシャは胸《むね》を痛《いた》めながら、ノナおばさんに向きなおった。こわがらせたり、心配させたりはしたくない。

「わたし！　ターシャです！」

降《ふ》りしきる雪の向こうにさけぶ。

「ターシャだって？　こんなところで何をしてるんだね？」

ランプを高くかかげながら、ノナおばさんが近づいてきた。ランプの光に照らされた顔には、とまどいと心配がうかんでいる。

そのとき風がふいて冷蔵《れいぞう》倉庫のドアがゆれ、バタンと音を立てて壁《かべ》にあたった。ノナおばさんはそちらを見てから、ターシャがかかえている包みに目をやった。

これほど寒い中でも、ターシャの顔は恥《は》ずかしさのあまりに赤くほてってった。

「ノナおばさん、ごめんなさい。悪いことだとわかってます。こわがらせるつもりもなかったの。でもこれは……」

「それは何？」

ノナおばさんがするどい声でさえぎった。もう一歩近づき、ランプをかたむけてターシャの足元にいるキツネを照らす。

ノナおばさんの声が大きくなった。

「ターシャ、キツネにえさをやっちゃいけないよ！　うちのニワトリやら、子ヒツジや子ヤギたちをまたぬすみに来るに決まってる！　ほら、あっちへお行き！　シッ！」

ノナおばさんは、手荒《てあら》にキツネを追い立てた。

しばらくのあいだ、キツネは金色の目を細めてノナおばさんを見つめていた。むっとして、がっかりしたようすだった。それから向きを変え、かけていった。

「だめ、行かないで！　待って！」

ターシャはおじいちゃんの昔話を思い出して、背筋《せすじ》が冷たくなった。雪娘《ゆきむすめ》を家に連れて帰ってくれたキツネを老夫婦《ろうふうふ》が追いはらった、あの昔話。

ターシャはふり返り、キツネを追いかけた。降《ふ》りしきる雪の向こうに、キツネがそりに飛び乗るところがちらっと見えた。手綱《たづな》をにぎっているアリアナは目を見開き、ノナおばさんを見つめ、おびえている。アリアナの周りをまう雪が、どんどん速くなっていく。アリアナが手綱《たづな》をふると、オオカミたちはそりの向きを変えはじめた。

「待って！」

ターシャは走りながらさけんだ。でも、腕《うで》をつかまれ、引きもどされた。

「ターシャ、どこに行くつもりだい？　夜中にキツネと追いかけっこだなんて、信じられないよ。危《あぶ》ないことなんだよ。中にお入り」

また風がふき、地面の雪がういて飛び散った。ノナおばさんはよろめき、ターシャの腕《うで》から手をはなした。

もう一度ターシャは走った。アリアナのいた場所へ急ぐ。絶望《ぜつぼう》で息がつまる。アリアナも、そりも、オオカミも、もう見えない。さらに速く走り、目の上に腕《うで》をかざして雪をよけ、ようやくアリアナの姿《すがた》がかすかに見えた。そりに乗って、遠ざかっていく。

「待って！　お願い！」

ターシャはまたさけんだ。ほんの一瞬《いっしゅん》、アリアナはこちらをふり向いた。アリアナはまだおびえて目を見開いていたけれど、ターシャと目が合った瞬間《しゅんかん》、やさしくほほえんだように見えた。アリアナが指で自分の胸《むね》にふれると、周りをまう雪が濃《こ》くなり、アリアナの姿《すがた》を見えなくした。

ターシャは胸《むね》がはりさけそうだった。

「行かないで！　お願い！」

「ターシャ！　吹雪《ふぶき》になってきたよ、こっちへおいで！」

ノナおばさんがまた呼《よ》んでいる。ターシャは立ちどまった。アリアナを見つめ続けて、目が焼けつくように痛《いた》い。風がさらに強くなった。氷まじりの雪がまい、ターシャの顔をさす。ノナおばさんのもとにもどるのがかしこい選択《せんたく》だとわかっていた。アリアナとは、激《はげ》しい吹雪《ふぶき》にさえぎられている。ノナおばさんはターシャを家に入れて、体を温め、おじいちゃんの家まで安全に送り届《とど》けてくれるだろう。

でも、どうしてもアリアナを追いかけたいという気持ちにはさからえなかった。ノナおばさんの家に来たのはターシャの考えだった。おびえていたアリアナを見つけてあやまらなければ。何もかも元通りにしたい。それに、ヤマネコを助けないと。シカの肉をまだもってるんだし！

まだノナおばさんの呼《よ》ぶ声がしたけれど、ターシャは無視《むし》した。ノナおばさんが家から出てきさえしなかったら、今ごろはアリアナといっしょに氷の洞窟《どうくつ》に向かっているところだったのに。

そうだ、氷の洞窟《どうくつ》だ！　自力であそこに行って、アリアナを見つけて解決《かいけつ》しよう。

ぼうしを深くかぶり、マフラーを口元まであげて、風から顔を守れるようにした。それから北の方角へと歩きはじめた。森や、その奥《おく》の山をめざす。夜の暗さと雪がまっているせいで見えづらいけれど、谷を通る道は知っている。アリアナといっしょに数えきれないほど森をぬけ、山をのぼっていたから、道をはっきりと思いえがくことができた。

雪がふきつけ、かたくとがった氷の結晶《けっしょう》が顔をさす。でもターシャは冬服を何枚《なんまい》も重ね着しているし、決意に燃《も》えて熱くなっていた。北へ向かう道には雪のふきだまりが厚《あつ》く積もっていたけれど、足でふみつけてこえていった。目の上に手をかざすと、道ぞい

の見慣《みな》れた石壁《いしかべ》がちらっと見え、遠くにクララの家が小さな光の点になってまたたいていた。それを目印に道なりに進むと、こおった小川との境《さかい》にある低い壁《かべ》に出た。壁《かべ》にそって進むと森にたどり着いた。松の木々《きぎ》が風や雪をとめてくれるので、息がしやすい。夜にひとりで外にいるという不安で胃《い》が痛《いた》くなってきたけれど、なんだ、これくらい！　森を歩くあいだは速度をゆるめ、これから山をのぼるのにそなえて体力を残しておく。一歩、また一歩と足を動かして、同じ方向に進み続けることに集中する。

　きっと今ごろは、アリアナは山の入り口に着いているはずだよね。

　雪と暗闇《くらやみ》で、ターシャは自分のいる場所がわからなくなっていた。

　雪が目に入らないように目を細め、歩き続けた。谷へもどりたくなる気持ちと戦う。ふと思った。今ごろ、ノナおばさんはどうしているのかな。おじいちゃんの家に行って、家族のみんなを起こしていたらどうしよう？

　うしろめたさで苦しくなったけれど、ターシャは歩き続けた。アリアナを見つけて、何もかも元通りにしたい。それからヤマネコを助けたい。それがすんだら、家に帰ろう。

　木が少なくなってきて、ターシャはほっとしてため息をついた。やっと森のはずれに近づいてきたんだ。でも、木が減《へ》って開けてくると、風の勢《いきお》いも強くなった。固まっていない地面の雪が巻《ま》きあげられ、空中に飛び散る。ターシャがどれだけぼうしを深くかぶり、マフラーで顔をおおっても、氷の結晶《けっしょう》が次々《つぎつぎ》と顔にあたる。

高い木の枝《えだ》から落ちてきたつららが肩《かた》にあたり、ターシャはびっくりして飛びあがった。深く積もった雪につまずき、片方《かたほう》のひざをついて転んだ。ズボンがぬれて冷たくなり、片方《かたほう》のブーツの中に氷のように冷たい水が伝ってくる。ターシャはうめき声をあげた。こういうときにぬれるのは危険《きけん》なことだ。体温を保《たも》つのがむずかしくなる。

ターシャは辺りを見回し、雪のふきだまりからぬけだす道を探《さが》した。少し先に、平らな空き地があった。どうにか立ちあがり、雪をかきわけてそこをめざす。そしてようやく雪がうすく固まっている場所に出た。歩きやすくなってよかったと思いながら、足をふみ出す。そのときだ。

足元から、何かがきしむような不気味な音がひびく。ターシャは下を見て、心臓《しんぞう》がとまりそうになった。雪がうすく積もった下には氷がすけて見え、さらにその下には、水が流れている。こおった小川の上に乗ってしまったんだ。ブーツの下で氷が動くのを感じ、恐怖《きょうふ》が体中をかけめぐった。

ターシャは息をとめ、そっとあとずさりしようとした。氷が動き、のどから心臓《しんぞう》が飛び出しそうになる。今度はもっと大きなきしむ音が聞こえた。次に、氷が割《わ》れる音も。

逃《に》げる間もなく、ターシャは氷のように冷たい水の中に落ちていった。

23
氷の下

ターシャは、悲鳴をあげようとした。でも水のあまりの冷たさに、肺《はい》がこおりついたにちがいない。息ができない。かかえていた肉の包みを落とし、両手をのばして、必死になってしずむのを食いとめようとする。

片手《かたて》が水面の氷にあたったけれど、すべった。もう片方《かたほう》の腕《うで》が広い氷の上に乗った。ターシャはその腕《うで》に力をこめ、ひじでおさえつけてすべらないようにする。

恐怖《きょうふ》で心臓《しんぞう》が激《はげ》しく打ち、肺《はい》は空気を求めて焼けつくように苦しい。ターシャは手足をばたつかせ、氷につかまり水からなんとかあがろうとした。下を流れる水に足が引っぱられても、死にものぐるいで水をけると、ブーツの片方《かたほう》がぬげた。突然《とつぜん》、動きやすくなった。肺《はい》に空気が流れこんできて、ターシャはこれで助かると思った。

ああ、息ができるようになった。なんとかなる。

ターシャは足で水をけり続けた。もう片方《かたほう》のブーツもぬげると、反対の腕《うで》も氷の上にのせることができた。腕《うで》に力を入れて体を引きあげ、胸《むね》の辺りまで水から出た。助けを呼《よ》びたくてさけんだけれど、声に力が入らない。二回さけんであきらめ、ひじで支《ささ》えて体を水から引っぱり出すのに集中することにした。どうせ、声の届《とど》くところにはだれもいない。自分を助けられるのは自分だけとわかっていた。『カニ爪《つめ》岩』のときのように。

ついに、ターシャのお尻《しり》が氷にあたり、水の中からやっとのことでかたい雪の地面の上にはいあがれた。横たわり、あえぐ。寒い。体中がガタガタとふるえはじめた。

暗すぎて、降《ふ》りしきる雪のほかは何も見えない。風がターシャの顔めがけて、次々《つぎつぎ》に雪をふきつけてくる。ターシャは全身ずぶぬれだった。ブーツもなくしてしまった。涙《なみだ》がじわりとうかんできたけれど、こらえた。こんなところにねころんで、こごえて泣いていることほど危険《きけん》なことはない。できるだけ早く、避難《ひなん》する場所を見つけて、少しでも体をかわかさなければ。

ターシャは、うつぶせになると、ひざをついて体を起こし、立ちあがった。

ふらついてよろめいた。ぬれた足に雪の冷たさがさすように痛《いた》い。

どこに行けばいい？

ブーツもなく、ぬれた服で行くには、氷の洞窟《どうくつ》は遠すぎるし、谷へもどるのも遠すぎる。ふり返ると、近くにモミの木がぼんやりと見えた。つまずきながら、そこへと向かった。木からは大きな枝《えだ》が低くたれさがり、葉がしげっていて、その下なら少しは雪をよけられそうだ。ぬれた服をしぼろう。

ターシャは枝《えだ》の下のせまい空間に、はっていった。体中がふるえ、歯はガチガチと鳴り、手と足は感覚がなかった。すわって、手首をこすり合わせてミトンをぬぐ。それからコートのボタンをはずそうとしたけれど、指が思うように動かない。こみあげてくる恐怖《きょうふ》を、必死でのみこむ。落ちつけ、生き残るには落ちつかなければ。今は、体をかわかすことだけに集中しよう。そして、ねむってはだめ。

ターシャはすでに、まぶたが下に引っぱられるのを感じていた。モミの木の下にねそべって休むという誘惑《ゆうわく》にさからうのは、とてもむずかしい。くちびるをかんで目を覚まそうとしたけれど、歯があたる感覚すらない。指に息をはいて温めようとしても、短くあえぐような息がもれるだけで、ちっとも暖《あたた》かくない。

そのとき、赤いものが目に飛びこんできた。これは希望の証《あかし》?

「キツネなの?」

弱々《よわよわ》しい声でたずねる。

「キツネだよね?」

今度はもう少し大きい声で。

見慣《みな》れたキツネの顔が枝《えだ》の下からのぞき、ターシャの心に火がともった。

「ああ、キツネだ！」

金色の目をのぞきこみ、笑うのと泣くのとの両方で、こごえた顔がゆがむ。

「アリアナもいっしょなの？」

ターシャはたずねてから、耳をすました。アリアナのそりの鈴《すず》や、雪の上を軽やかにかけてくる足音は……。聞こえてこない。キツネがこちらを悲しそうに見る顔から、アリアナはいないし、ここには来ないとわかった。胸《むね》が苦しい。

アリアナはわたしを置きざりにしたの？『カニ爪《つめ》岩』で、いとこたちや友達がしたみたいに？

キツネがターシャのこごえた手に鼻をおしつけ、感覚のなくなった指に温かい息をふきかける。じんじんと痛《いた》みながらも肌《はだ》が感覚を取りもどし、ターシャは泣き出しそうになるのをこらえた。一枚《まい》一枚《まい》、服をぬぎはじめる。モミの枝《えだ》を折って体をおおい、ぬれた服をしぼろうとする。でも、無理だった。どれもぐっしょりぬれていて、ターシャはすっかり冷えてこごえてしまっていた。

もっと多くの枝《えだ》を体に巻《ま》きつけた。キツネがすりよってきて、温かい体が肌《はだ》にふれる。けれど、この吹雪《ふぶき》を生きのびるには、それでは足りない。体のほとんどの部分に感覚がなく、そうじゃない残りの部分はさすように痛《いた》い。ねむりに落ちそうになる。

「あのね、キツネ……、助けが……、いるの」

ターシャはきれぎれの声でいった。まばたきが一回ごとに長くなる。どうにかして、目を開けようとする。

「わたしの家を探《さが》せる？　助けを呼《よ》んできて」

キツネは小さくうなずき、ターシャの体の上に乗った。そのとき、ターシャは暖《あたた》かい毛布《もうふ》のようなキツネに、このままいっしょにいてほしくなった。でも次の瞬間《しゅんかん》、キツネは行ってしまい、ターシャは冷たい暗闇《くらやみ》にひとり残された。

モミの木の下で、ぬれて冷えきってふるえながら、ターシャは自分に話しかけてねむらないようがんばった。声は変だし、ちゃんとした言葉を話せていない。感覚のない手と足を動かして、呼吸《こきゅう》を落ちつかせようとしても、思い通りにはいかなかった。

もうすぐ助けが来る、と自分に言い聞かせる。だから足音に耳をすまして、もし聞こえたら大声を出すんだ。ターシャがいなくなったあと、もしノナおばさんがおじいちゃんの家に行っていたら、もうパパとママが探《さが》しはじめているかもしれない。そうじゃなくても、キツネがもうすぐ家に着くはず。雪なんて平気で、とても速く走れるから。もしかしたら今ごろもう着いていて、鳴いて家族を起こしているところかもしれない。それなら、みんなはターシャがいないことに気づいて探《さが》しに来るだろう。風に乗ってパパやママの声が聞こえないか、耳をそばだてた。

はてしなく待ち続けている気がする。降《ふ》りしきる雪の中、どれくらい時間がたったのかわからない。どんどん体が冷たくなり、眠気《ねむけ》と戦うのがさらにむずかしくなる。

がんばるんだ。希望を捨《す》ててはいけない。

ついに、赤いものがひらめいたかと思うと、温かく、なつかしい息が顔にかかった。キツネがもどってきた。

そして、あまり遠くないところから、ブーツが雪をふみしめる音が聞こえてきた。ターシャは大声をあげようとしたけれど、声はほとんど出なかった。枝《えだ》をゆらそうとしても、腕《うで》に力が入らず動かせ

ない。

するとこの前にミトンをはめた手が現《あらわ》れ、枝《えだ》を何本かどけた。聞きおぼえのある息づかい、大きな胸《むね》からぜいぜいとはく息の音が、聞こえてきた。

「ターシェンカ」

ああ、おじいちゃんだ。

おじいちゃんはターシャに呼《よ》びかけ、自分の大きなコートをぬいでターシャをくるみ、だきあげた。

ターシャはもう一度しゃべろうとしたけれど、ガチガチと鳴る歯のすきまからは、ひとことも出てこなかった。運ばれていきながら、ターシャはおじいちゃんの体のぬくもりに身をゆだね、目を閉《と》じ、眠気《ねむけ》にあらがうのをやめた。

24
指先

ターシャは、何日もベッドでねたり起きたりをくり返した。考えようとしても、ごちゃごちゃしてまとまらなかった。肌《はだ》はかさかさになり冷たく、手や足の指は氷のかたまりになったみたいだった。まばたきをしてよく見ようとすると目が痛《いた》くなったり、しゃべろうとすると、のどがひりひりした。

パパかママが、ほとんどつきっきりでそばにいた。ときどきターシャが目を覚ますと、ノナおばさんがぬるぬるしたものをターシャの肌《はだ》にすりこみ、ゆでたキャベツのにおいのする包帯を手や足に巻《ま》いていることもあった。ある朝など、ノナおばさんはびんをもってせかせかと部屋に入ってくると、中身をスプーンですくってターシャの口までもってきた。はちみつとニワトコの花の味がした。

「しゃべってごらん」

「ノナおばさん」

ターシャの声は、夜の霜《しも》のようにカサカサとしゃがれていた。それを聞いて、ターシャは自分の声にぞっとした。

「もう一度いってごらん。大きい声で」

「ノナおばさん」

もっと力をこめていうと、今度は自分の声に近づいた気がする。

ノナおばさんは、ターシャから体をはなし、ほっとため息をついた。

「おじいちゃんに会える？」

まだ声がかすれている。危《あぶ》ないことはしないっておじいちゃんと約束したのに、最悪の形でやぶってしまった。

ノナおばさんは、怒《おこ》った顔になり、首をううんとふった。

「だめだよ、ターシャ。おじいさんは体調がよくないんだ。五日前にあんたを連れて帰ってから、ずっとねこんでる。あの晩《ばん》ひどい風邪《かぜ》を引いて、咳《せき》がひどい。こじらせちゃったんだよ。医者にみてもらわないと。ターシャ、あんたもだよ。あたしの薬だけじゃあまり効《き》かないいんだ」

ノナおばさんは窓《まど》の外に目をやり、ターシャはその視線《しせん》の先を追った。

積もった雪が窓《まど》のすぐ下までせまってきている。空からは信じられないほどの勢《いきお》いで

24 指先

雪がまだ降《ふ》ってきている。

「あんたが迷子《まいご》になった夜から、こんなありさまだよ。吹雪《ふぶき》が谷から動かないどころか、弱まるきざしもない。かえってひどくなる一方だよ。真冬の雪祭りはもちろん延期《えんき》さ。出歩くのはほとんど無理だし、谷の外へ通じる道は完全にふさがっちまった。天気がよくならないかぎり、医者を呼《よ》ぶこともできやしない」

おじいちゃんにどうあやまったらいいのだろうか。ターシャはうしろめたさに息が苦しくなった。そして体にかけられた毛布《もうふ》をのけようとして、ターシャは自分の指を見た。

爪《つめ》と指先が雪のように白くなり、きらきらとかがやいている。指の何本かは、関節のところまですっかり白くなっている。

「何これ？」

とまどって自分の指を見つめながら、ターシャは背筋《せすじ》が冷たくなった。

「もしかして凍傷《とうしょう》ですか？」

「ちがうと思うね。どんな感じだい？」

ターシャは指をもぞもぞと動かしてみた。

「思うように動かないし、冷たいです」

女の子が雪の精霊《せいれい》に変わったという、マイカの話を思いうかべた。恐怖《きょうふ》が胸《むね》にこみあげてくる。

「なんなのか、あたしにもわからないんだよ。こんなのは今まで見たことがない。だから医者にみてもらわないと。足の指もそうなってる。それにあんたの目は……」

　ノナおばさんは口をつぐんだ。

「わたしの目がどうかしたの？」

　ノナおばさんはベッドわきのテーブルから小さな手鏡を取ると、ターシャの顔の前にかかげた。ターシャは鏡の中の自分の顔を見つめた。こげ茶色の目に、氷のような青いすじが走っている。

「わたし、どうなっちゃったの……？」

　スープをのせたお盆《ぼん》をもって、パパが部屋に入ってきた。ママもいっしょだ。

「ターシャ、気分はどうだい？」

　両親の心配そうな顔を見て、もうしわけない気持ちが波のようにおしよせてきた。

「ごめんなさい。夜に森へ行っちゃいけなかった」

「ああ、行ってほしくなかったよ」

　パパはお盆《ぼん》をベッドわきのテーブルに置いた。

「どうするつもりだったのかな？　何をしてたんだい？」

ターシャは、うちのめされた気分で、あの夜の出来事を思い出す。オオカミの引くそりで現《あらわ》れたアリアナ。氷の洞窟《どうくつ》にいた、やせ細ってけがを負ったヤマネコ。

あのヤマネコはどうなったんだろう？

アリアナはヤマネコを助けられたかな。共同納屋《なや》からもちだして、そりに積んだ軟膏《なんこう》や包帯なんかが役に立ってるといいけど。あれから何日もたっているなら、ヤマネコは元気になって山や森をまた歩き回っているよね。それとも……、ターシャはごくりとつばを飲みこんだ。ヤマネコは助からなかったかもしれない、いや、そんな想像《そうぞう》はしたくない。

「ターシャ？　だいじょうぶか？」

パパがターシャの前にかがみこんだ。パパを見上げて、さっきの質問《しつもん》への答えをまだ待っているんだと気がついた。でも、あの夜のことをどう説明したらいいのだろう。

「わからないの。とにかく、行くべきじゃなかった。本当にごめんなさい」

「ターシャ、わたしたち、ずっとあなたのことを心配してたのよ。真夜中にノナが家に来て、吹雪《ふぶき》の中をターシャが森に入っていったっていうもんだから。谷のみんなで捜索《そうさく》隊《たい》を結成したの。わたしとパパ、サビーナとエレーナ、エディアとガリア、ラーヤとノナおばさん……みんなであなたを探《さが》し回ったわ」

ママの言葉を聞いて、ターシャは自分の手を見つめた。夜、吹雪《ふぶき》の中で、みんなが自分を探《さが》すところを想像《そうぞう》した。なんていうことをしてしまったんだろう。理由を説明して、きちんとあやまることができるのか、わからない。

パパが、また話しかけてきた。

「もちろんおじいちゃんには家に残るようにいったんだけどね。おじいちゃんがおまえを連れて帰ってきたときに、いってたよ。キツネが来てひどく鳴くから外に出たら、おまえのいるところまで連れていってくれたとね。でも、おじいちゃんはそのとき寒さでもうろうとしていたから、信じていいのかわからない」

「あたしと会ったときも、キツネがいたっけ」

ノナおばさんが考えこみながらいう。

「あたしが追いはらったんだったね。そしたら、あんたはキツネを追いかけてった」

「ターシャ、本当かい？　キツネを探《さが》しに行ったのか？」

「パパ、あのキツネは、わたしの友達なの」

まだ手を見つめながら、ターシャは小さな声で答えた。指先はアリアナの手のように光を放《はな》っている。

「友達を失いたくなかったの」

アリアナを思いうかべながらいった。

「森の中で自分の身は自分で守れるって思ってたの。でも、まちがってた」

ターシャはパパを見上げた。涙《なみだ》がこみあげてくる。ひとりでなんの準備《じゅんび》もせずにアリアナを追いかけて、あさはかだった。あのとき、追いかけるのはかしこい選択《せんたく》じゃないと頭ではわかっていた。ノナおばさんの家で温まってから、家へ送ってもらうべきだった。でもターシャはその直感を無視《むし》した。そして、自分自身だけでなく、探《さが》してくれた人みんなを危険《きけん》にさらした。ひと粒《つぶ》こぼれた涙《なみだ》が、まつげの上でこおりついた。

「おじいちゃんの具合が悪くなったのは、全部わたしのせい」

ママはターシャの手に自分の手を重ねた。

「落ちついて。やってしまったことは、今さらどうしようもないわ。もう二度と、こんな天気の中、夜にひとりで出歩かないって約束してちょうだい。わかった？」

「おじいちゃんに会わせて。お願い」

ママはため息をついた。

「うん、本当に具合がよくないの。でも、何か食べてから、少しなら会ってもいいわよ。あなたが本を読んであげる声を聞いたら、きっと喜《よろこ》ぶわ」

パパがほほえみながら、お盆《ぼん》をターシャのひざの上にのせた。

「おまえが起きて話せるようになってうれしいよ。天気がよくなりさえすれば、何もかもうまくいくよ。お医者さんを呼《よ》んで、おじいちゃんとターシャをみてもらえる。吹雪《ふぶき》がこれ以上長引かないことを願うよ」

食べ終わってから、ターシャはおじいちゃんの部屋へ行った。おじいちゃんは何枚《なんまい》も毛布《もうふ》をかけられてねむっていた。息をするたびに、胸《むね》から耳ざわりな音がする。ターシャは何時間も『湖と森』を声に出して読みながら、心の中でうずまく不安から目をそらそうとした。おじいちゃんのこと。アリアナのこと。ヤマネコのこと。大雪に閉《と》ざされてしまった谷の人たちのこと。

夕方になると、ママがスープをもってきて、おじいちゃんをそっと起こした。おじいちゃんの目はターシャを見てかがやいた。

「ターシェンカ」

おじいちゃんが小さな声でターシャの名を呼《よ》んだ。ターシャはまばたきをして、うかんできた涙《なみだ》をはらった。

「おじいちゃんが助けてくれたんだね。どうありがとうといえばいいのか、わからない。わたしのせいで具合が悪くなってしまって、本当にごめんなさい」

24 指先

「ターシェンカ、この咳《せき》とは長年のつきあいだ。自分を責《せ》めるんじゃない。おまえがぶじで、こうして家にいて、うれしいよ」

ママはおじいちゃんがスープを飲むのを手伝ってから、まくらをたたいてふくらませ、おじいちゃんが楽な姿勢《しせい》でいられるようにした。

「ふたりとも、おそくまで起きてちゃだめよ。しっかり休まないと」

ママはおじいちゃんにキスをし、ターシャにハグをしてから出ていった。

「たしかに、長い話をするには今夜はちと、つかれてるな」

「だいじょうぶだよ。元気になったら、お話をする時間はたっぷりあるもん」

おじいちゃんはため息をついて、窓《まど》の外に目をやる。

「どうだかなあ。今では毎日、昼も夜も、西の山にあの家が見えるんだ」

ターシャは窓《まど》の外をのぞいた。

「でも、この窓《まど》は西向きじゃないよ。それに、雪が降《ふ》ってて何も見えないし」

「心の目で見えるものもあるんだよ。あの家もそのひとつさ。昨日はまるで足でもついてるみたいに家が立ちあがって、ひさしが笑いかけてきたよ。呼《よ》ばれている気がする」

ターシャはとまどって首をかしげた。おじいちゃん、よくわからないことをいってる。

「ママを呼《よ》んでこようか？　だいじょうぶ？」

「ターシェンカ、じいちゃんは年を取った。あの家は、この世とあの世のあいだの門なんだ。ここでの時間がもう残りわずかだから、あの家に呼《よ》ばれてるのさ」

ターシャは目をぎゅっとつぶった。のどがつまって息が苦しい。

「ちがうよ、おじいちゃん。今は具合が悪いだけで……」

おじいちゃんは手をのばし、ターシャのほおにふれた。冷たい指がふるえている。

「話をよくお聞き、ターシェンカ。じいちゃんのここでの時間は残りわずかだ。じいちゃんがいなくなっても、ターシェンカがだいじょうぶかどうか、確《たし》かめておきたいんだよ。ひとりで苦しまないで、人にたよって助けてもらっていいんだってことを、おまえがちゃんと知っているかどうかをね」

ターシャは、自分のほおを包むおじいちゃんの手の上に自分の手を重ねると、顔からはずし、毛布《もうふ》の中に入れた。おじいちゃんはつかれているからぼんやりしていたのだろう、ターシャの白くなった指先には気がつかない。

「おじいちゃんはどこにも行かないよ。雪がおさまって山道が通れるようになったら、お医者さんが来てくれる。もっと効《き》く薬をもらって、元気になるよ」

おじいちゃんはまたため息をつき、それが咳《せき》に変わってどんどん激《はげ》しくなった。ママとパパ、ノナおばさんが入ってきて、みんなでおじいちゃんの体を横向きにし、咳《せき》がおさまるまでママが背中《せなか》をさすった。それでも、おじいちゃんの息づかいはあらく、ぜいぜいと苦しそうだ。

「ターシャ、もうおじいちゃんを休ませてあげたほうがいいわ。あなたも休んだほうがいいわよ」

ママの言葉を聞いて、ターシャは、のどがぐっとつまってしまい、だまってうなずいた。そして、おじいちゃんにねる前のキスをして、そっと小声でいった。

「きっと元気になるよ」

おじいちゃんはつかれた笑顔をうかべた。

「がんばってみるよ。ターシェンカ、大好きだよ」

「わたしも、おじいちゃんが大好き」

ターシャはママとパパ、ノナおばさんにおやすみなさいをいうと、のろのろと自分の部屋にもどった。

ベッドにすわり、窓《まど》の外で降《ふ》り続ける雪を見つめる。冬のはじまりに、願いごとをしたときのことを思い出す。

『雪娘《ゆきむすめ》が本物の女の子になりますように』じゃなくて、『おじいちゃんの咳《せき》が治りますように』とお願いしていたら、どうなっていたんだろう？

アリアナは、今どこにいるの？

キツネといっしょに走ったり、そりに乗ったりしているアリアナのまばゆい姿《すがた》を思いうかべる。アリアナがいちばん生き生きとかがやくのは、いつも寒くて雪がたくさん降《ふ》っているときだった。

そういえば、オオヤマネコはどうなったの？

もしターシャの願い通り、ヤマネコが生きのびていたとしたら、こんな天気では、食べ物を見つけられず、またひどく苦労しているにちがいない。

窓《まど》の外では、雪がえんえんと降《ふ》っていた。こんな天候が続くのは変だ。雪がとけて、スノードロップが雪をおしのけて芽を出し、ヤマネコが鳴いて……、春がすぐそこまで来ているはずなのに。何かがおかしい。

ノナおばさんがアリアナをこわがらせたとき、吹雪《ふぶき》がはじまった。

こわがっているから、吹雪《ふぶき》を生み出しているのかも。

湖をこおらせたアリアナなら、谷を雪でうめつくすこともできるだろう。でも、どうして？　アリアナは谷の人を傷《きず》つけるような子じゃない。

自分で自分の力をおさえられないのかな？　今でもこわがっているの？

アリアナを探《さが》して、だいじょうぶかどうか確《たし》かめたい。アリアナにもうこわがらないでっていってあげたら、吹雪《ふぶき》はおさまるのかな。そうしたらおじいちゃんのお医者さんに来てもらえる。そして……、わたしもみてもらえる。

ターシャはうつむいて、白くかがやく自分の指先を見た。これもアリアナと関わりがあるにちがいない。アリアナに会えたら、きっと元にもどしてくれる。

でも、どうやって探《さが》せばいい？

こんな天気の中、夜にひとりで出歩かないとママと約束した。危《あぶ》ないことだというのもわかっている。だれかの助けが必要だ。そうだ、人にたよって助けてもらっていいんだよって、おじいちゃんがいっていた。今こそ、そのときだ。

パパとママにたのむことを考えた。でも、雪娘《ゆきむすめ》が本物の女の子になって谷に吹雪《ふぶき》を起こしているなんて話を、信じてもらえるだろうか。その子を探《さが》しに行くのにも反対するに決まってる。谷に住むほかの大人たちを思いうかべても、賛成《さんせい》してくれそうな人はいなかった。ターシャはがっかりしてため息をつき、西の方角をながめた。

遠くにクララの家が小さな点になってかすかに光り、降《ふ》りしきる雪の向こうに見えかくれしている。

クララはわたしの話を信じてくれるかな？

たとえ信じてもらえなくても、クララならいっしょに来てくれる気がする。こわいもの知らずだし、冒険《ぼうけん》が大好きだから。

　それに、クララは山を知りつくしてるし、役に立ちそうな山のぼりの道具もいろいろもっている。クララの家までスキーで行って、助けてってたのんでみよう。それからふたりでマイカの家に行って、マイカにも助けてっていおう。三人いれば、おたがいに安全でいられる。もし何か悪いことが起きたら、だれかが助けを呼《よ》びに行けばいい。

　ターシャは深呼吸《しんこきゅう》をした。明日の夜、パパとママ、ノナおばさんとおじいちゃんがねたあと、もう一度アリアナを探《さが》しに行く。でも今度は、正しいやり方で探《さが》しに行く。

　おじいちゃんの具合が悪くなったのは自分のせいだから、きちんと責任《せきにん》を取ろう。解《かい》決策《けっさく》は、すぐ目の前にあるはず。勇気を出して助けを求めよう、そしていっしょに解決《かいけつ》していくんだ。

25

助けを求めて

次の朝ターシャは、体調がよくなったから農場の仕事を手伝えると宣言《せんげん》した。なくしたブーツのかわりに古いブーツを屋根裏部屋《やねうら》で見つけてきた。ターシャの足にぴったりではなかったけれど、暖《あたた》かいし防水《ぼうすい》仕様だ。

深く積もった雪をスキーですべって鶏小屋《とりごや》へ行き、ドアの前の雪かきをしてから、小屋をそうじしてニワトリにえさをやった。ヤギ小屋にも行って、同じことをした。あいかわらず体は冷えてこわばっていたし、ミトンをはめていても指は氷のように冷たかったけれど、起きあがってまた動き回れることがうれしかった。

そのあと、ターシャは、ヤギのアグネスとファーディナンドの寝床《ねどこ》にすわると、スケッチブックに必要なものをリストにして書き出した。今度こそ、きちんとした計画を立てて山へ行くと決意していた。自分と、クララとマイカを危険《きけん》な目にあわせたくない。

ミトンをはめた手を、ファーディナンドのやわらかい背中《せなか》にのせた。鼻を前足におしつけてねむっている。ターシャはリストを読み返して、忘《わす》れているものがないか確認《かくにん》した。地図と方位磁石《じしゃく》、ランプ、着火キット、救急箱《きゅうきゅうばこ》、テントと毛布《もうふ》、着がえ、目を保護《ほご》するためのアイシールドと食料と水。

リストの内容《ないよう》に満足して、ターシャは氷の洞窟《どうくつ》へ安全にたどり着くために必要なものをそろえようと、小屋から出た。氷の洞窟《どうくつ》へ行けば、アリアナに会える。アリアナが吹雪《ふぶき》をしずめてくれて、おじいちゃんのお医者さんが山をこえてやってこられますように。

パパとママに疑《うたが》われないように、農場の仕事を手伝うあいまに少しずつ進めたから、準備《じゅんび》には丸一日かかった。持ち物の中には、家にあるものもあれば、納屋《なや》に置いてあるものもあった。自分とクララとマイカのために木の皮でアイシールドを新しく作らなければならなかった。やっと何もかもが集まると、ターシャはそれをリュックサックにつめて、ベッドの下にかくした。

パパとママ、ノナおばさんといっしょに夕食をとったあと、ターシャはおじいちゃんのまくら元にすわり、おじいちゃんはねむっていたけれど『湖と森』を読んであげた。みんながねるしたくをする音に耳をすまし、家が静まり返るまで、ターシャは待った。ターシャはおじいちゃんに毛布《もうふ》をしっかりかけると、おでこにキスをした。そして自分の部屋にもどり、服を何枚《なんまい》も重ね着すると、リュックサックをもってそっと家を出た。

雪は激《はげ》しく降《ふ》っていて、谷の上にいすわっている厚《あつ》い雲のせいで空が見えない。心配ではき気がするほどだ。でもターシャは、固く決意していた。おじいちゃんを助けたい。深呼吸《しんこきゅう》をして、ポケットに大切にしまってあるアリアナからもらった青い石にさわると、クララの家へとスキーをすべらせて出発した。

辺りは暗いし、降《ふ》りしきる雪でぼんやりとしか見えないけれど、道は知っている。それに、道にそって石壁《いしかべ》が続いているから、まちがえようがない。壁《かべ》のおかげで冷たい風からもいくぶんか守られ、そのうちスキーのすべるリズムが安定すると、かなりのスピードが出た。

ターシャは間もなくして、クララの部屋の窓《まど》の下に立っていた。ほかの家族を起こさずに、クララだけを起こさなければ。かがんで雪をすくうと、小さな雪玉を作り、クララの部屋の窓《まど》にそっと投げつけた。しばらく待ってから、もう一度、今度は少し大きな雪玉を投げた。

三個目の雪玉があたったあと、カーテンが開いてクララの顔がのぞいた。ターシャを見て、クララはおどろいた顔をしたけれど、窓《まど》を開けて身を乗りだした。

「ターシャ、だいじょうぶなの？」

「クララとマイカにお願いがあるの。わたしといっしょに山へ行ってほしいの」

「今？　夜だし、雪が降《ふ》ってるのに？」

「変なことをいってるって思うだろうけど、探《さが》したい人がいるの、アリアナっていう女の子。こんなことたのんでごめんね。でも大切なことなの。それにいっしょなら安全じゃないかって思って。クララは山にくわしいし、山のぼりの道具ももってて使いなれてるし」

「着がえるから、納屋《なや》で待ってて」

そういって、クララは窓《まど》を閉《し》めた。


数分後、もこもこに着こんだクララが納屋《なや》に入ってきた。

「それで、アリアナってだれ？　どうして今すぐ探《さが》さなきゃいけないの？」

ターシャは大きく息をすいこんだ。

「ありえない話に聞こえると思うけど、アリアナは……そうだね、ほんとのところは何者なのか、わたしにもわからない。わかってるのは、冬の魔法《まほう》みた

いなものが使えるってこと。アリアナが湖をこおらせたとき、いっしょにいたんだ。今のこの吹雪《ふぶき》も、アリアナが起こしたんだと思う。アリアナを見つけて、吹雪《ふぶき》をとめてもらわなきゃ。お医者さんを呼《よ》んでおじいちゃんをみてもらいたいのに、この雪のせいで――」

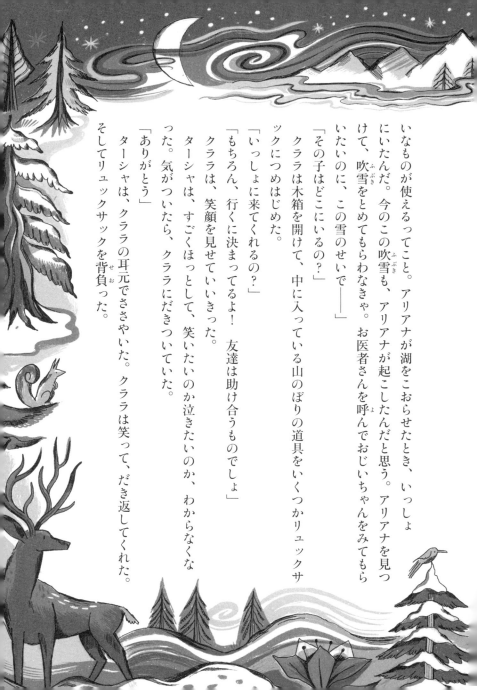

「その子はどこにいるの？」

クララは木箱を開けて、中に入っている山のぼりの道具をいくつかリュックサックにつめはじめた。

「いっしょに来てくれるの？」

「もちろん、行くに決まってるよ！　友達は助け合うものでしょ」

クララは、笑顔を見せていいきった。

ターシャは、すごくほっとして、笑いたいのか泣きたいのか、わからなくなった。気がついたら、クララにだきついていた。

「ありがとう」

ターシャは、クララの耳元でささやいた。クララは笑って、だき返してくれた。

そしてリュックサックを背負《せお》った。

「さあ、マイカをさそいに行こう。ふたりより三人のほうが、どう考えても安全だよね。途中《とちゅう》でもっとくわしく聞かせてよ」


ターシャとクララがマイカの家のそばまで来ると、ヤギ小屋のひとつからマイカが出てきたので、クララが呼《よ》びかけた。

「おーい、マイカ。まだ起きてたんだ。何してんの？」

「ヤギたちに追加の干《ほ》し草《くさ》をやってたところだよ。こんな天気じゃ心配でさ。きみらこそ、こんなところで何してるんだい？」

「これから山に行って、ターシャの友達の魔法《まほう》が使える女の子を探《さが》して、吹雪《ふぶき》をとめてもらうところ。でね、マイカにもいっしょに来てほしいんだ」

クララを見てから、ターシャをじっと見るマイカ。どう思っているんだろう。

ターシャはほおが熱くなるのを感じながら続けた。

「ありえないと思うだろうけど――」

「素手《すで》でヒイラギの小枝《こえだ》をこおらせるみたいな？」

マイカが、にやっと笑った。ターシャは目を丸くした。

マイカはやっぱり見てたんだ！

「あのとき何が起きたのかわからないんだけど、これを見て」

ミトンの片方《かたほう》をぬいで、ターシャはマイカとクララに指先を見せた。ふたりは指先を見つめて口をぽかんと開けた。ターシャはアイシールドを取って、自分の目も指さした。

「どうしてこんなふうになったのかはわからないけど、アリアナに関係あると思うの。アリアナを探《さが》さないと。アリアナなら吹雪《ふぶき》をとめられる。とめないと、そうじゃないと、おじいちゃんがお医者さんにみてもらえない」

マイカは、困《こま》ったなあという顔になった。

「ターシャがおじいちゃんを助けたいのはわかるよ。ぼくも助けたい。でもさ、その子が雪の精霊《せいれい》で、ぼくらをこおらせてしまったらどうする？　それとも、うちのおばあちゃんの話みたいに、ぼくらを雪の精霊《せいれい》に変えてしまったら？」

「アリアナはわたしの友達だよ。だれも傷《きず》つけたりしないって。やさしくて親切な子なの。この冬のあいだ、いっしょに動物を助けてたんだよ。この吹雪《ふぶき》は、ノナおばさんがアリアナをこわがらせてしまって、そのときからはじまったの。そのあと、アリアナに会えていなくて、吹雪《ふぶき》もおさまらない。でも、アリアナを見つけてちゃんと話せば、きっと何もかもまた元通りになるって、わたし、信じてるの」

「きみの指と目はどう説明するんだ？　アリアナはだれも傷《きず》つけたりしないっていうけ

どね、今のきみの身に起きてることはアリアナに関係あるんだろう。その指と目は……なんていうか、ふつうじゃないよね」

「アリアナがわたしを傷《きず》つけようとしてるとか、変えようとしてるなんて、まったく思ってないよ。アリアナの魔法《まほう》が、わたしに何か影響《えいきょう》しているだけなのかも。どうなってるかなんて、わからない。でも、ちゃんと話せば……。とにかく、どうにかしたくて」

もどかしげにうめくように話すターシャに、マイカはうなずいた。

「どうしても探《さが》したいなら、もちろん手伝うよ。どこへ行くんだい？」

「氷の洞窟《どうくつ》」

ターシャは北の方角を指さした。

「森の向こうの山の、こおった滝《たき》のそばにあるの。歩いて二、三時間かな。ランプがあるし道は知ってるけど、念のため地図と方位磁石《じしゃく》をもってきたよ」

「馬《ば》そりで行くのはどう？　うちのダリアは、足はおそいけど、馬力はあるよ」

「わたしも氷の洞窟《どうくつ》にはそりで行ってたんだ」

そりに乗ればずっと速く行ける、と思うとターシャの胸《むね》ははずんだ。

「取ってくるものがあるから、馬小屋で待ってて」

マイカがにこにこして、クララも明るいほほえみをうかべている。ターシャの胸《むね》は感《かん》謝《しゃ》の気持ちでいっぱいになった。仲間三人で、おたがいに注意しあいながら進めば、今回の旅はぐっと安全になる。でも、もしマイカやクララに何かあったら、自分のせいだとも考える。おじいちゃんに対する心配とはまた別の責任《せきにん》を背負《せお》った感じ。いやでも、ここでひるんではいけない。

ターシャは北の方角を向いて、身ぶるいした。降《ふ》る雪にさえぎられて、山はほとんど見えない。前に氷の洞窟《どうくつ》へ行こうとしたときの記憶《きおく》が次々《つぎつぎ》とおしよせ、農場の周りをふきあれる風のように、頭の中でうずまく。ターシャは深呼吸《しんこきゅう》をした。今回は、ひとつのまちがいも許《ゆる》されない。

26

ヒイラギの小枝《こえだ》

ダリアは、白と黒の毛がふさふさして、がっしりとした大きな馬だった。マイカはダリアをそりにつないだ。そりはちょうど、マイカとターシャとクララの三人がならんですわれる大きさだ。マイカはヒイラギの小枝《こえだ》を四本、ポケットから引っぱり出した。

「雪の精霊《せいれい》から身を守るためだよ」

そう説明しながら、一本をダリアの馬具にはさみ、もう一本を自分のコートのボタン穴《あな》にさす。残りの二本の枝《えだ》を、クララとターシャにさしだした。クララは一本取ってコートのボタン穴《あな》におしこんだけれど、ターシャは受け取らなかった。

「ありがとう。でもアリアナを信じてるから、わたしはいらない。アリアナから身を守る必要はないって、知ってるもん」

マイカはため息をついたけれど、残りの枝《えだ》をそりの前につけてから、ターシャに手綱《たづな》をわたした。

ターシャは手綱《たづな》をふり、ダリアを進ませてそりを操縦《そうじゅう》した。クララはオイルランプを高くかかげたけれど、まい続ける雪を照らすばかりで、すぐ目の前より先はほとんど見えなかった。石壁《いしかべ》にそってそりを走らせていくと、森に着いた。

ターシャはダリアをゆっくり歩かせて、しんちょうに道を選んだ。アリアナと何度も森に来たおかげで、形を覚えている木が何本もあった。キツネやアナグマの巣穴《すあな》を見つけ、アリアナと小さな雪の家を作って流星群を見た空き地を通りかかった。雪の家はまだ残っていた。

「あれ、ターシャが作ったの？」

クララが身を寄《よ》せて、雪のかたまりを指さした。

「うん、アリアナといっしょに。この冬は毎晩《まいばん》いっしょにいたの。ここ何日か以外はずっと。楽しかったんだよ」

アリアナとの友情《ゆうじょう》はこれからどうなってしまうんだろう。

「マイカ、雪の精霊《せいれい》が人間に変わるお話は見つかった？」

「いいや、おばあちゃんは見つからないっていってる。ごめん」

マイカはもうしわけなさそうな顔をした。

「それを探《さが》してるのも、アリアナのことがあるからだよね？」

「スノードロップがさくころに、アリアナはいなくなるっていうんだ。でも、わたしは、春になってもアリアナがここにいられる方法を見つけたいんだ。本物の花や、春の景色を見せてあげたいの。もし吹雪《ふぶき》がやんだら、アリアナはいなくなっちゃう。何かいい方法を思いつかないかぎり」

悲しげな顔になったターシャに、クララがたずねた。

「アリアナとはどうやって出会ったの？　何がきっかけ？」

「願いごと」

クララは自分の腕《うで》をターシャの腕《うで》にからめて、ほほえんだ。

「じゃあ、別の願いごとをすれば、いっしょにいられるかもよ」

ターシャは、うんといいながら、それくらいかんたんなことだったらいいのに、と心の中で思った。

ターシャは、そりを北に向かって進め、間もなく山の斜面《しゃめん》がむきだしになっている土地に出た。風がさらに冷たくふき、風にまじった氷の粒《つぶ》が肌《はだ》をさす。マフラーを引きあげて口元をおおい、こおった滝《たき》をめざして前に進む。

夜の闇《やみ》の中で、青白く光る滝《たき》の流れが降《ふ》りしきる雪の向こうできらめいている。坂をのぼるダリアの動きがおそくなった。風にさからって頭を低くし、深い雪にひづめがしずみこむ。のぼるのに苦労しているのがわかる。

洞窟《どうくつ》の近くにある松の小さな林に着いたので、ターシャはそりをとめた。

「ダリアにはここで待っててもらったほうがいいんじゃないかな。風や雪をよけられるから。そのあいだダリアは休めるし、あと少しだから歩けるよ」

「いいよ」

マイカがそういってくれたので、ターシャはそりからおり、ダリアの背中《せなか》の雪をはらってから、馬用の毛布《もうふ》をかぶせてやった。

クララはリュックサックから長いロープを出した。

「三人の体を結びつけたほうがいいね。そうすれば、濃《こ》い雪雲に囲《かこ》まれても、おたがい迷子《まいご》にならないですむ」

ターシャはうなずき、クララを手伝い、自分たちの腰《こし》にロープを巻《ま》いてしっかりと固定した。それからランプをもち、先頭に立ってのぼっていった。

雪はひざの上まで積もっていたから、歩きづらかった。でも、クララやマイカとロープでつながっていたから、ターシャは不安にならずにすんだ。やがて、氷におおわれた崖《がけ》が目の前にそびえ立った。ターシャは、せりだした岩の陰《かげ》からわずかにのぞいている洞窟《どうくつ》の入り口を指さした。

クララは信じられないというように、口をぽかんと開けた。

「この辺りは何度ものぼったことがあるけど、気がつかなかった」

「どの道がいいかな？」

そう聞いたマイカに、ターシャはアリアナのそりで行ったときの道を指さした。ぎざぎざした岩の横を通り、こおった小川をつっきっていく行き方だ。

クララはリュックサックをおろし、金属《きんぞく》のスパイクがついた革《かわ》ひものかたまりを取り出した。

「ブーツにすべりどめをつけよう」

ターシャとマイカはひと組ずつ手に取って、それぞれ自分のブーツに結んだ。それからまた歩き出す。ターシャが先頭に立って順番に進む。

急な坂道ですべりやすかったけれど、すべりどめのおかげでブーツがこおった地面をしっかりとらえた。すぐに入り口に着き、冷たく静かな氷の洞窟《どうくつ》に足をふみ入れた。

「すごい、なんてとこだ！」

天井からぶら下がる大きなつららを見上げて、マイカはおどろきの声をもらした。

「中がこんなに広いなんて！　あれは別の洞窟《どうくつ》への入り口？」

クララは興奮《こうふん》で目をかがやかせ、洞窟《どうくつ》の奥《おく》をのぞきこんでいる。

ターシャはうんとうなずき、ここでアリアナと過《す》ごした夜を思いうかべた。ふたりに伝えたかった。小さな洞窟《どうくつ》のひとつに氷の花がさいていること。別の洞窟《どうくつ》ではアリアナとふたりで動物の世話をしたこと。でも、のどがつまってしまって、言葉にならない。もうここでアリアナと過《す》ごすことはないかもしれない。そんなこと、つらすぎる。

「アリアナ？」

ターシャは呼《よ》びかけた。がらんとした洞窟《どうくつ》の中に声がこだましたけれど、返事はない。ターシャは別の入り口に向かった。

「アリアナ？」

もう一度呼《よ》びかけた。でも、しいんとしたままだ。

ターシャは、森で見つけたこごえた動物の世話をしていた洞窟《どうくつ》に入っていった。ヤマネコを最後に見たのはこの洞窟《どうくつ》だ。床中《ゆかじゅう》にわらが散らばっているだけで、ヤマネコの姿《すがた》はない。ウサギもリスも、ネズミもいない。そして、アリアナもいない。

ここにアリアナがいないなら、どうしたらいい？

「ほかの洞窟《どうくつ》も見てみようよ」

ターシャは、次の洞窟《どうくつ》の入り口に進んだ。そこは広い入り口だったから、マイカとクララもそばに来て、いっしょに入った。中はとおり道が曲がりながらのびていて、奥《おく》に部屋があるが、闇《やみ》に包まれている。

ターシャはオイルランプをもちあげ、闇《やみ》の向こうに目をこらした。

ちょうどそのとき、低いうなり声が聞こえ、ターシャはその場に固まった。

「今のはなんだ？」

マイカがつぶやいて一歩あとずさり、ロープでつながっているクララとターシャも引っぱられた。

ランプの光の中に、オオヤマネコが現《あらわ》れた。体の大きさはキツネの二倍はあり、片目《かため》の上には深い傷《きず》を負い、飢《う》えのため胸《むね》にはあばら骨《ぼね》がういている。ひと目見て、あのヤマネコだとわかった。ヤマネコが立って歩けるまでに回復《かいふく》したと知って、一瞬《いっしゅん》ほっとしたけれど、おしよせる恐怖《きょうふ》のほうが大きかった。

ヤマネコは三人に近づいてきた。足は大きく、爪《つめ》は長くするどい。またうなり声をあげた。低い声がひびき、ターシャの全身がふるえた。そして、ヤマネコは長くとがった牙《きば》をむきだして、うしろにさがった。今にも飛びかかってきそうだ。

27 ヤマネコ

ターシャは恐怖《きょうふ》でこおりつき、ヤマネコを見つめた。この動物について、本で読んだいろんな知識《ちしき》を必死で思いうかべる。

おそってこようとしているヤマネコから逃《に》げられない場合は、大声を出し自分を大きく見せておどろかせる、とどこかに書いてあった。どっちみち、ほかにできることはない。もっているランプを高くあげ、深呼吸《しんこきゅう》をすると、一歩前に出ながらせいいっぱい声をはりあげてどなった。少しでも自分を大きく、力強く見せようとする。

ヤマネコはまたうなったけれど、一歩あとずさりした。茶色の目はターシャの目をじっと見すえている。開いた口の中で、牙《きば》がきらりと光る。

ターシャは辺りを見回した。ヤマネコの逃《に》げる場所がない。ターシャとクララとマイカが、ひとつしかない外への出口をふさいでいた。

「どうしよう?」

マイカが声を低くしていった。

「洞窟《どうくつ》のもっと奥《おく》に行こう。ヤマネコが外に出られるようにね」

ターシャも低い声で返した。

ヤマネコはまたうなり声をあげると、うしろにさがり、ふたたび飛びかかろうとしている。ターシャはランプをかかげたまま、横へと足をふみ出した。

「わたしについてきて。ヤマネコが逃《に》げだせるようにしよう」

クララとマイカはじりじりとターシャに近づいた。三人の目がヤマネコに注がれる。

ヤマネコのほうも、こちらをじっとにらんでいる。

ターシャは、ヤマネコの目の傷《きず》がもう膿《うみ》を出していないことに気づいた。共同納屋《なや》からそりにのせたあの軟膏《なんこう》で、アリアナが手当てしたのかも。一瞬《いっしゅん》、ターシャは、さすがアリアナだとうれしくなった。

三人は、さらにもう一歩、横へと移動《いどう》する。それでやっと、ヤマネコさえその気になれば、いつでも洞窟《どうくつ》の外に出られる状態《じょうたい》になった。ヤマネコが通るための出口が開いている。でも、ヤマネコはじっと動かない。

「いっしょに大声を出そう。おびえて逃《に》げていくよ、きっと」

ターシャがいい、三人は声を合わせてはりあげた。大きな声が反響《はんきょう》して耳が痛《いた》い。それでもヤマネコはぴくりとも動かず、たじろぎもしない。三人が息を切らして声がやんだ瞬間《しゅんかん》、ヤマネコがとびあがった。

そのとき、ターシャは気がついたらミトンの片方《かたほう》をぬいでいた。そして、おそいかかってくるヤマネコに向かって手をひとふりしていた。

ターシャの明るくかがやく指先が、ヤマネコの脚《あし》の横をかすめ、ほおにかけてすべった。指がふれたところから、氷の結晶《けっしょう》が噴水《ふんすい》のようにあふれだす。ヤマネコの脚《あし》とほおはたちまちこおりつき、毛の上にはパリパリと音を立てながらきらきら光る氷の層《そう》ができた。

ヤマネコは床《ゆか》にどさりと落下し、おびえた子猫《こねこ》のようにちぢこまった。ターシャはヤマネコから自分の指先に視線《しせん》をうつした。ヒイラギの枝《えだ》をこおらせたときよりもさらに冷たくじんじんと痛《いた》い。ターシャはよろめいてあとずさり、ミトンをはめたほうの手で指先を包んだ。ヤマネコはあわれっぽく鳴きながら立ちあがった。それから、こおった地面に足をすべらせながら、あわてたようすで洞窟《どうくつ》から走って逃《に》げていった。

「だいじょうぶ?」と、クララがターシャの体を支《ささ》えた。

「今のは何?」と、マイカが息を切らし、ふるえている。

ターシャは自分の指を見つめた。今度は火がついたように熱い。ぎこちない手つきで、もう一度ミトンをはめた。

「ヤマネコにけがをさせたみたい。わたしの指がさわったところが、氷と霜《しも》に変わったから。ヒイラギの小枝《こえだ》をこおらせたときと同じ」

ターシャは急にかわいそうになり、ヤマネコが心配になってきた。

「なんともないといいけど」

「危《あや》うく八つざきにされそうなぼくらを助けてくれたのに、心配してるのはヤマネコのほうなんだね！」

マイカがおどろくと、クララも元気づけるようにいう。

「ほとんど体にさわってなかったよ。ターシャがさわったのは毛で、肌《はだ》じゃなかったし。ヤマネコはこわかっただけじゃないかな」

「ぼくも、すごくこわかったよ。まだ心臓《しんぞう》がどきどきしてる」

マイカは胸《むね》に手をあてた。

「わたしも」

ターシャがほっとして息をついたところで、マイカがいった。

「これからどうする？」

「あなたの友達は、ここにはいなそうだね」

クララは、ターシャのほうに顔を向けていった。

「ほかに行きそうな場所は？」

「残りの洞窟《どうくつ》も見てみようか」

そうはいったものの、ターシャはアリアナがそこにいないとわかっていた。もしいたなら、ターシャたちの声を聞いて、とっくに出てきているはず。

ほかの洞窟《どうくつ》はどれもからっぽだったけれど、アリアナが作った氷の花がきらめく庭園のある洞窟《どうくつ》が残っていた。クララとマイカは氷の花の美しさに見とれていたけれど、ターシャはがっくりして落ちこんだ。次にどこを探《さが》せばいいんだろう。

しばらくして、ターシャはマイカとクララといっしょに洞窟《どうくつ》の最初の入り口にもどった。とほうに暮《く》れているターシャにクララが聞いてきた。

「どうしたらいいと思う？」

ターシャは足元を見おろし、かすかな足跡《あしあと》がいくつか残っているのに気がついた。

キツネの足跡《あしあと》だ！

足跡《あしあと》の続く先を目で追う。足跡《あしあと》は見えかくれしながら岩や氷の上を横切って上へと向かっている。それほど時間はたってなさそうだ。

「もっと上までいっしょにのぼってくれる？」

ターシャはふたりにたずねた。

マイカはまゆをひそめて、ターシャを見て、それからクララの顔を見た。

ところがクララはにっこり笑い、明るく目をかがやかせて答えた。

「もちろん」

ターシャは先頭に立って東の方向へと進み、キツネの足跡《あしあと》をたどって、広い平らな岩《いわ》棚《だな》までやってきた。そこで三人は立ちどまり、雪の向こうに立ちはだかる崖《がけ》を見つめた。足跡《あしあと》の最後の二、三歩は上へのぼって、白い霧《きり》の中に消えている。

崖《がけ》の高さは共同納屋《なや》の三倍はある。ぎざぎざした黒い岩が雪のあいだからのぞき、こおりついて光っている。

「けわしくてすべりやすそうだな。のぼれそうにない気がするけど」

マイカががっかりした顔になる。

「すべりどめをつけてるし、ロープも巻《ま》いてるじゃない。わたしが先に行くから、信じてついてきて。あの道をのぼろう」

クララは、崖《がけ》の低いところにあるとがった岩をよけてジグザグに進む道を指さした。

ターシャはその道を見つめると、こわくて胸《むね》がどきどきしはじめた。ポケットに手を入れ、アリアナにもらった青い石をさわり、ゆっくりと深呼吸《しんこきゅう》してから、もう一度道を

見つめる。クララの判断《はんだん》を信じよう。危険《きけん》だろうけれど、おじいちゃんのためなら。

「マイカはどう？」

「わかったよ。クララを信じる」

クララは三人をつなぐロープをしめ直し、よく確認《かくにん》してから、崖《がけ》へと最初の一歩をふみ出した。

クララの次にターシャ、最後にマイカが続く。三人をつなぐロープは、よゆうをもたせてたるませてあった。もしだれかが足をすべらせても、引っぱられていっしょに落ちてしまうことはないはず。

風はやみ、雪もおさまっていたけれど、それでも崖《がけ》をのぼるのには苦労した。一歩ふみ出すごとに全神経《ぜんしんけい》を集中させる。最初は足だけにたよっていたけれど、高くのぼって崖《がけ》が急になるにつれ、ターシャは身を乗りだし両手を使って、上につき出しているつるつるした岩にしがみつくようになった。

クララは何度も立ちどまり、進んでいるのが最適《さいてき》な道かどうか確《たし》かめた。キツネの足跡《あしあと》を大まかにたどりながらも、崖《がけ》をのぼるためにいちばん安全な道はどれか、クララがしんちょうに考えているのがよくわかった。クララがターシャとマイカに、その場にとどまって動かないで待つようにというときがあった。次に進む場所で、雪や氷が三人の体重にたえられるかを確《たし》かめるときだ。

ターシャは呼吸《こきゅう》を落ちつかせ、不安をなだめながら一歩一歩に集中した。三人は崖《がけ》を横に移動《いどう》してから、少し上にのぼり、別の道を進んだ。不自然な姿勢《しせい》で足を支《ささ》えるので、くるぶしが痛《いた》い。それでもターシャはクララのあとについて進み続けた。ときには、うしろのマイカをふり返ってようすを見ながら。

やがて、崖《がけ》の頂上《ちょうじょう》近くまでやってきた。でも最後に通るところは、傾斜《けいしゃ》が急すぎて垂直《すいちょく》の壁《かべ》のようだし、人の背《せ》よりもずっと高い。それなのに、クララはさっとなめらかな動きでのぼってしまった。それから腹《はら》ばいになり、崖《がけ》のはしから顔を出すと、ターシャに向かって、両腕《りょううで》をさしだして笑顔でいった。

「手につかまって。引っぱりあげるから」

「本当に、わたしの体を引きあげられる?」

クララは、返事のかわりに手をさらにターシャのほうへのばした。

「しっかりつかまって」

ターシャは手をのばし、クララの両手をにぎった。クララがその手をぎゅっとつかみ、上へ引っぱる。ターシャは足をあげ、ブーツのすべりどめを崖《がけ》の斜面《しゃめん》に食いこませながら、上へのぼろうとした。

片足《かたあし》がすべり、ターシャは小さく悲鳴をあげた。すべり落ちる！　クララも巻《ま》きぞえにしてしまう。でも、背中《せなか》がしっかりした強い力でおしあげられた。

「そのままのぼり続けて。だいじょうぶだよ」

ふり向くことはできなかったけれど、マイカの声がして支《ささ》えてくれているのだとわかった。ターシャはよじのぼり、ついに頂上《ちょうじょう》にたどり着いた。クララの横に腹《はら》ばいになり、ふたりでマイカを引っぱりあげる。のぼりきってしばらくのあいだ、三人は頂上《ちょうじょう》にねころんでいた。

「おりるときはどうするんだ？」

マイカの問いに、クララが笑って答えた。

「もっと楽な道だといいね」

ターシャは立ちあがり、深呼吸《しんこきゅう》をした。崖《がけ》の頂上《ちょうじょう》、つまり山の頂上《ちょうじょう》にやってきた。目の前には、はるか北まで台地が広がっている。雪におおわれ、どこまでも続くがらんとした空間。でも、アリアナの姿《すがた》はどこにもなかった。

28

崖《がけ》

ターシャは絶望《ぜつぼう》に打ちひしがれた。

アリアナはどこ？

ターシャは目の上に手をかざし、台地を見わたした。何か、次に探《さが》す場所の手がかりになりそうなものはないか？　でも見えるのは、はてしなく続く白い雪だけ。ふり返って谷を見た。分厚《ぶあつ》い雪雲にかくれている。周りは、雪をかぶったとがった山々《やまやま》が重なりあいそびえ立っている。東の方角から夜の闇《やみ》が少しずつ色あせてきていた。

「もうすぐ日がのぼる。家族が起きて、ぼくらの心配をしはじめるよ」

「アリアナを見つけなきゃ」

周りの山や台地をもう一度見わたしているあいだにも、ターシャの胸《むね》のどきどきがどんどん速くなる。強い風がさらにふき、大きな雪のかたまりがいくつもうずまく。

「アリアナは、谷にいなかったし、氷の洞窟《どうくつ》にもいなかった。ここにもいない。いったいどこにいるの？」

クララはターシャの視線《しせん》の先を追った。

「わたしたち、ここに何日いても、何も見つけられないよ。そろそろ、安全な帰り道を探《さが》しはじめたほうがいいかも」

やさしくいったクララに、ターシャはううんと首をふった。あきらめる気にはなれない。ポケットに手を入れ、アリアナがくれた青い石をにぎりしめた。それから目を閉《と》じ、心をこめて『アリアナが見つかりますように』と願った。雪娘《ゆきむすめ》が本物の女の子になりますように、と願ったときと同じように。

ふもとの谷から風がまいあがってきた。氷のような空気にほおがちくちくする。風の音とターシャの息づかいにまじって、雪が積もるときの静かな音に似《に》たアリアナのささやき声が聞こえた。キツネの温かい体のにおいもする。そして、アリアナの肌《はだ》からいつも立ちのぼる、あの冷気も伝わってきた。

顔に風がふきつけたあと、ターシャが目を開けると、雪雲の向こうに水色と赤い何かが東の方角へ動くのが見えた。そこで台地が終わり、谷へとくだっていく場所だ。

「アリアナ！」

すぐに、ターシャはアリアナに向かって走り出す。ロープでターシャとつながっているクララとマイカも、あとについて走った。

アリアナは雪の上にすわり、崖《がけ》のはしから両足をぶらぶらさせていた。谷の向こうをじっと見つめている。横にはキツネがねそべって、前足をなめている。

「本物の女の子だよ。ほんとにいたんだ」

クララが思わず小声でもらした。マイカはクララをひじでこづいてにらんだ。

「もちろん本物さ」

「アリアナ」

ターシャはもう一歩近づいた。アリアナは返事をしない。目は焦点《しょうてん》がさだまらず、瞳《ひとみ》の青い部分は色がうすくなり、白に近い。アリアナが見つめているのは東の空だった。山の向こうから、夜明けのピンク色の光がぼんやりとさし、明るくなってきている。

「アリアナ、だいじょうぶ？」

ターシャはさらに近づき、アリアナのとなりに腰《こし》かけた。アリアナのまねをして、両足をぶらぶらさせる。本当なら、こんな崖《がけ》っぷちにすわるなんてこわくてできなかっただろう。でも、今は不安を感じなかった。クララやマイカとつながっているロープがあったからかもしれない。いや、アリアナのことで胸《むね》がいっぱいで、不安が入りこむすきがなかったのかもしれない。

ターシャは手をのばして、アリアナのひじにふれた。ミトンごしにも、アリアナの肌《はだ》の冷たさが伝わってくる。アリアナの腕《うで》から雪の結晶《けっしょう》が立ちのぼり、きらきらかがやきながらふたりの周りをまう。ターシャは、思わず感じた恐怖《きょうふ》にたえながら、アリアナのようすを見守った。

アリアナはゆっくりとふり返り、ほほえんだ。夜明けのぼんやりした光の中で、アリアナの顔はほとんど透明《とうめい》になっている。アリアナは不思議そうに首をかしげた。

「ずっと探《さが》してたんだよ。だいじょうぶ？　ノナおばさんがこわかったんでしょ？　ごめんね、アリアナをあそこに連れてくんじゃなかった」

ターシャはふもとの谷を指さした。分厚《ぶあつ》い白い雲に今もおおわれている。

「アリアナがいなくなってから、ずっと吹雪《ふぶき》が続いていて、みんなが外に出られないの。山道はふさがって通れないし。でも、おじいちゃんはお医者さんにみてもらわないといけないんだ。助けてほしいの。アリアナなら、雪をとめられるよね？」

アリアナは首を横にふった。

「でも、どうにかできるはずだよ！　この吹雪《ふぶき》は、アリアナの魔法《まほう》のせいでしょ」

ターシャは必死になってさけんだ。

アリアナはまた首を横にふった。雪雲を指さしてから、ターシャを指さす。ターシャの背筋《せすじ》がこおりついた。

「わたしじゃない。わたしのせいだなんて、そんな！」

アリアナは片方《かたほう》の手で自分の胸《むね》にふれてから、もう片方《かたほう》の手をターシャの胸《むね》にあてた。

それから、両手の指先をぎゅっと強くからませた。

ターシャののど元に何かがこみあげてきた。認《みと》めたくはなかった。

「わたしが吹雪《ふぶき》の原因《げんいん》なんだね。アリアナに、ずっといっしょにいてほしいって願ってるから」

ターシャの言葉に、アリアナはそうだとうなずいた。

ターシャは、いろいろと思い出した。雪が激《はげ》しく降《ふ》るのは、家をぬけだしてアリアナに会いに行くときだった。ヒイラギの小枝《こえだ》にさわったらこおりついたのは、雪がそろそろとけ出すとマイカがいったあとだった。雪雲がおかしな動きをしておじいちゃんの家に向かってきたのは、「アリアナがここにいられる方法が見つかりますように」とターシャが願ったときだった。そして今は、谷中が雪に包まれている。

「そんなつもりはなかったけど、わたしの願いごとが、アリアナの魔法《まほう》に働きかけて、冬を長引かせてるんだね。アリアナを失いたくないって願ったせいで」

アリアナがいなくなると思うと、ターシャの心の中の『ひとりぼっち』の穴《あな》がふくらんだ。すると、谷をおおっている雪雲もふくらんだ。雪雲は足元をのみこんでのぼってくる。谷から冷たい風が勢《いきお》いよくふきつけてくる。ターシャは身ぶるいした。

「ターシャ？　吹雪《ふぶき》がひどくなってるよ」

クララの声もふるえていた。アリアナは立ちあがり、ふり返ってクララとマイカのほうを向いた。ターシャも立ちあがってふたりに向きなおる。

「わたしのせいなの。アリアナは何も悪くないの。冬が長くて厳《きび》しいことも、吹雪《ふぶき》も、全部、わたしのせいなの」

谷からまた強い風がふきあげてきて、ターシャがうめくようにいった言葉をかき消す。ターシャとクララ、マイカはよろめき、あとずさった。

「じゃあ、ターシャはこれをとめられるのかい？」

マイカが、鼻とほおを霜《しも》まみれにしながら大声でたずねる。

「どうしたらいいのか、わからないの！」

ターシャはアリアナのほうをふり向いた。アリアナは静かに立っていた。周りを雪がまっている。両手の指先をからめてから、ほどく動きをする。

「だけど、アリアナに行ってほしくない！」

アリアナはクララとマイカを見てから、ターシャはふたりといっしょにいて、という仕草をした。クララはターシャの腕《うで》を取り、自分の腕《うで》をからめて組んだ。

「アリアナがいなくなるって考えるかわりに、わたしたちといっしょにいるって考えるのはどうかな」

ターシャの胸《むね》がざわつく。アリアナがいない毎日なんて、考えられない！　前の生活にもどるのはいやだ。農場に閉《と》じこもり、不安で『ひとりぼっち』になやむ毎日には、もうもどりたくない。

アリアナが一歩ターシャに近づいた。アリアナの姿《すがた》は雪でぼやけて見える。指先をターシャの胸《むね》にあててから、クララとマイカを指さす。

ふたりがターシャの友達だと、アリアナが伝えようとしている。ターシャはひとりじゃないと。でもターシャはいやだった。アリアナに、ずっといっしょにいてほしかった。肌《はだ》が寒さでじんじん痛《いた》むのもおかまいなしに、ターシャは身を寄《よ》せて、アリアナの手をにぎった。

「アリアナはとても大切な友達なの。失いたくない」

でも、アリアナの手は雪の結晶《けっしょう》のようにターシャの手からすべり落ちた。もう一度、クララとマイカを指さす。腰《こし》に巻《ま》いてあるロープがふたりと自分をつないでいるのを、ターシャは感じた。ふたりは、ターシャがするアリアナの話を信じてくれて、夜中に、

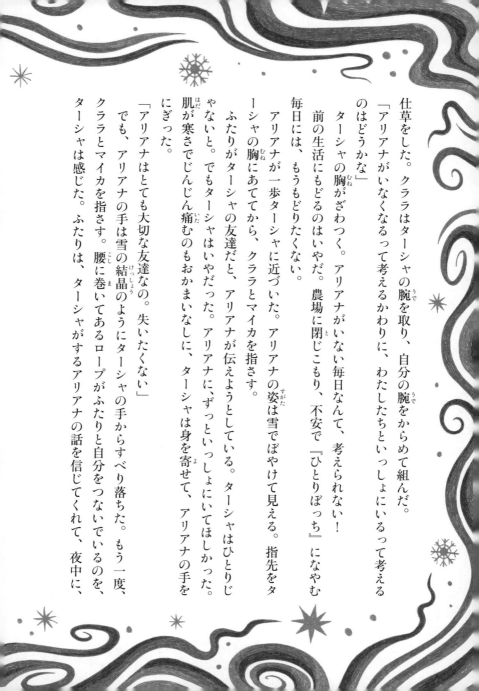

こんな山の上までいっしょに来てくれた。ここまで来る途中《とちゅう》、氷の洞窟《どうくつ》に入るときも、崖《がけ》をのぼるときも、おたがいの安全に気を配ってくれた。だいたい、こうなる前からクララとマイカは祭りの計画を手伝い、家に来て、スケートにさそってくれた。最初からずっと、ずっと、ふたりはやさしく親切だった。

　アリアナのいう通り、クララとマイカはターシャの友達だ。それでも、アリアナは特別。ターシャにとって奇跡《きせき》の存在《そんざい》。ターシャは、アリアナといると前の自分にもどれて、不安にならずにいられた。どんなときでも、アリアナといるときの自分がいちばん自分らしかった。勇敢《ゆうかん》で、親切で、冒険《ぼうけん》が好きなわたし。外の世界とそこにあるいろいろな不思議が大好きな、昔のわたしにもどれた。

　アリアナはターシャに近づいてきた。顔がさわれそうなくらい近い。両手を丸めてカップの形にした。てのひらの中で雪がうずを巻《ま》き、どんどん速く回っていく。

　ターシャはアリアナの手の中の小さな吹雪《ふぶき》をのぞきこんだ。雪はくるくる回って、リスやシカ、クロテン、ウサギ、フクロウ、ヤマネコの姿《すがた》になった。ふたりの少女が雪玉を投げ、そりに乗り、雪の家を作って流れ星を見ている姿《すがた》が見えた。

　ターシャとアリアナがふたりで見たものや、いっしょにしたことが、アリアナの手の中で回っていた。ターシャは気がついた。これはみんな、わたしの思い出だ。これから

思い出すたびに勇気をもらえる大切な思い出……。

ターシャはアリアナの顔を見た。青かった目の色はもうない。すけて見える顔。ほおから雪の結晶《けっしょう》がうきあがり、きらきらかがやきながらまう。ああ、アリアナは、もうこちらの世界にはいない。

突然《とつぜん》、アリアナは指を広げて、花がさく形を作った。

「春を呼《よ》ぶのに行かなくちゃならないんだね」

ターシャは消え入るような声でいった。友達に別れの言葉はいいたくなかったけれど、いわなければならない。今がそのときだ。深呼吸《しんこきゅう》をして、勇気をふりしぼる。

「さようなら、アリアナ。何もかも、ありがとう」

アリアナはやさしくほほえんだ。手をあげて、さようならという仕草をする。

ターシャの目から涙《なみだ》が流れてきた。ターシャは指で自分の胸《むね》にふれてから、手をのばし、アリアナの胸《むね》に指をあてる。

アリアナがターシャの手を取ると、辺りの雪がまいはじめた。アリアナの周りをまい、アリアナの体からも雪がうずを巻《ま》いて出てくる。

「いつかまた会える?」

ターシャは風に向かってさけんだけれど、返事はなかった。答えるかわりに、アリアナは身を乗りだし、ターシャのほおにそっとキスをした。そしてアリアナはたくさんの雪の結晶《けっしょう》になった。はじめは少し、次はもっと、やがてずっとたくさんの結晶《けっしょう》となって、空気の中をぐるぐる回る。うずの向こうに、アリアナのかがやく姿《すがた》がまだ見えるような気がした。

アリアナはいなくなった。

温かい涙《なみだ》がターシャのほおを伝い、肌《はだ》についていた霜《しも》をとかした。

風がおさまり雪がやみ、空が見えた。東のほうがあかね色にそまりはじめ、空高くにある月や星までそめていく。谷をおおっていた雲が切れ、何軒《なんけん》かの農家が見えた。

クララはターシャを思いやってだきしめた。

「ターシャ、だいじょうぶ？　友達がいなくなって、つらいよね」

ターシャは口を開きかけたのに、言葉が見つからなかった。『ひとりぼっち』の穴《あな》のせいで胸《むね》が痛《いた》い。

「また会えると思う？」

マイカがいった。

「わからない」

ターシャはごくりとつばを飲みこんだ。

クララがだきしめてくれて、そのぬくもりに胸《むね》の痛《いた》みが少しやわらぐ。

ターシャのほおを、また涙《なみだ》が流れ落ちた。特別で魔法《まほう》のような存在《そんざい》なのは、アリアナだけじゃなかったんだ。クララとマイカだって、特別だ。

「指はどうなってる？」

マイカが心配そうにしている。

ターシャはミトンをぬいだ。指の爪《つめ》も肌《はだ》も、もう明るくかがやいてはいなかった。

「冬の魔法《まほう》は、全部終わったみたいだね」

ターシャは、悲しい気持ちになって答えた。

マイカが近づき、ターシャと腕《うで》を組んだ。そして、さっきまでアリアナが立っていた地面を指さす。雪の中から、濃《こ》い緑の芽が顔を出している。

「冬の魔法《まほう》が消えたのは、春の魔法《まほう》に場所をゆずるためかもしれないね」

「スノードロップだ」

ターシャはつぶやき、涙《なみだ》をはらった。

そのときキツネが歩いてやってきて、ターシャの目を見つめてから、顔を西の方角に向け鼻をぴくぴくと動かした。

「帰り道を教えてあげるって、いってるんだね」

「ほんとか?」

マイカが目を丸くした。

クララが、あきれたというふうに天をあおいだ。

「マイカってば、ターシャが雪でできた女の子と話すのを見たばかりなのに、家へ連れ帰ってくれようとしているキツネを疑《うたが》うわけ?」

「いや、そういうわけじゃなくて……」

マイカは肩《かた》をすくめた。

「わかったよ。キツネについていこう。途中《とちゅう》でダリアもむかえに行かないとね」

東の山の向こうから太陽がのぼってきた。太陽の光って、なんて温かいんだろう。金色の光が、辺り一面にさしている。ふもとの森のどこかでは、鳥がさえずりはじめた。明るく陽気な鳴き声だ。

キツネが軽い足取りでかけていき、そのうしろを三人がついていく。三人はゆっくりと、たがいに腕《うで》を組んだまま谷へとおりていった。

29

雪どけ

二週間後には、谷に積もっていたほとんどの雪がとけた。青い空の下、畑を囲《かこ》むようにならぶ木々《きぎ》からはやわらかな新芽が出てきている。子ヤギのファーディナンドは、草が生えてきて息をふき返した放牧地をかけまわり、しめった土のにおいをかいでいた。ほかのヤギたちは、若葉《わかば》の味を楽しんで、せっせと草を食べ続けている。

ターシャは門のそばに立って、谷の西の方角をながめながら、クララが来るのを待っていた。いっしょに共同納屋《なや》へ行って、延期《えんき》になっていた真冬の雪祭りの準備《じゅんび》の仕上げをする予定だった。真冬の祭りというより、もう春の祭りと呼《よ》んだほうがよさそうだ。

おじいちゃんが通りかかった。干《ほ》し草《くさ》をいっぱい積んだ手おし車をおしている。

「待って！　わたしがおすよ」

ターシャはおじいちゃんのあとを追いかけた。おじいちゃんは手おし車をおろした。

「ありがとう、ターシェンカ。今夜の祭りは楽しみかね？」

「うん、とっても」

ターシャは手おし車を運びながら、おじいちゃんとならんでヤギ小屋へと歩いた。

「おじいちゃんも？」

返事がない。おじいちゃんは西の山を見上げている。

ターシャはその視線《しせん》の先を追って、心配になりたずねた。

「あの家がまた見える？」

「ああ、長細い脚《あし》で立ちあがって歩いていったよ。一週間前になるかな」

「そうなの？　でもあっちに呼《よ》ばれている気はしてないよね？」

おじいちゃんは首を横にふって、笑った。もう咳《せき》にはならない。

「今はそんな気はしないよ。お医者さんの薬がよく効《き》いたし、暖《あたた》かくなって体調がずいぶんよくなったからな」

おじいちゃんはまじめな顔つきになり、ターシャにやさしく語りかけた。

「だがな、ターシェンカ。じいちゃんは年を取った。いつか、あの家にまた呼《よ》ばれる日が来るだろうよ」

ターシャは手おし車をおろし、おじいちゃんにぎゅっとだきついた。

「わかってる。でもその日が来るまでは、いっしょに楽しく過《す》ごそうね」

おじいちゃんは温かくて、干《ほ》し草《くさ》とヤギのにおいがして、好きだ。

「ターシェンカ、山にのぼってヤマネコをじいちゃんといっしょに探《さが》すつもりかな。でも、じいちゃんにはもう山のぼりは無理だよ」

「夜の森で鳴いている声を、ここから聞けばいいよ。それに今朝、日の出のころに一匹《ぴき》見かけたの。わたしはヤギ小屋でファーディナンドといたんだけど、山を見上げたらヤマネコが見えたの。遠くの、森の向こうの、岩がつき出てるところ……」

ターシャはヤマネコを見かけた場所を指さした。銀色の毛に黒いぶちがあったことはいわなかった。それから、片目《かため》の上に傷《きず》あとがあったことも。

少し前には飢《う》えてあばら骨《ぼね》がういていたあのヤマネコは、今ではふっくらとして、大きなおなかになっていた。あのヤマネコをまた見たとき、ターシャは思わず自分の目の上の傷《きず》にさわって、ほほえんだ。ヤマネコとわたしには共通点がある。生きのびた証《あかし》だ。共に自分の命を大切にし、もう一度生きる喜《よろこ》びを見つけようとしている。

「いつか、この冬に見たヤマネコの話をしてあげるね」

「それはおもしろそうだ。それに今年の春は農場があちこちいそがしくなりそうだな」

ターシャはおじいちゃんからはなれ、また手おし車をおしはじめた。

「うん！　またヤギをたくさん育てるんだよね。生まれたばっかりの赤ちゃんたちに会えるのが、今から待ち遠しいな！」

おじいちゃんがヤギの赤ちゃんたちをやさしくだきしめ、赤ちゃんたちはおじいちゃんのあごひげによじのぼろうとする。そんなようすを想像《そうぞう》して、ターシャは笑った。

「それから、ヤギの毛の糸つむぎと機織《はたお》りと、編《あ》み物《もの》も教えてもらいたいな」

「いっしょにするのを楽しみにしてるよ」

おじいちゃんは、うんうんとうなずいた。

ターシャは干《ほ》し草《くさ》をすくってヤギの寝床《ねどこ》にしいてから、おじいちゃんといっしょに外の日ざしの中へともどった。谷を見わたすと、クララが馬に乗って、こちらへやってくるのが見える。

「おじいちゃん、冬がはじまったばかりのころ、雪娘《ゆきむすめ》のお話をしてくれたのを覚えてる？」

「もちろん覚えてるとも。おまえは結末が気に入らないようだったね」

「あのときは、あまり幸せな結末じゃないと思ったの。雪娘《ゆきむすめ》がいなくなったあと、おじいさんとおばあさんはつらい思いをかかえたまま残されたと思ったから。だからわたし、雪娘《ゆきむすめ》がずっといられる方法を探《さが》そうとしてた」

「今はどう思ってるんだね？」

ターシャは北にそびえる山と、その奥《おく》の台地を見上げた。

「ふたりは雪娘《ゆきむすめ》がいなくなってさびしいはず、って考えは変わらないよ。でも、おじいちゃんがお話のはじまりでいってたことを思い出したの。老夫婦《ろうふうふ》は美しい村に住んでいて、村人たちは親切で仲がよく、困《こま》ったときはいつも助け合っていたってこと」

「たしかにそういったな」

「雪娘《ゆきむすめ》のおかげで、ふたりは一日一日を大切に生きようって考えるようになったかもって、今は思うの。近所の人たちに心を開いてなぐさめられ、幸せになったかもしれないって」

ターシャはそういって、おじいちゃんの顔を見上げた。

「なかなかいい結末だな。次に雪娘《ゆきむすめ》の話をするときは、そうしようか」

「最後にお祭りの場面も入れてね。お日さまの下で、共同納屋《なや》の外で食べたり歌ったりおどったりする、春のお祭りだよ」

ひづめの音がひびき、クララがジノヴィーに乗ってやってきた。丸いめがねの奥《おく》で、クララの緑色の目がきらめく。クララはターシャの目の前でひらりと飛びおりた。

「あたしといっしょに馬に乗ってみない？」

ターシャは、思わず緊張《きんちょう》した。ポケットに手を入れ、アリアナがくれたなめらかな青い石にさわろうとして、ベッドわきのテーブルに置いてきたのを思い出した。ふいにあの思い出がよみがえった。この石には魔法《まほう》の力があるのかと聞いたら、アリアナに笑われたっけ。

あの石が、ターシャに勇気の魔法《まほう》をくれるわけではなかった。自分の周りの世界に、そこにいるみんなから、勇気をもらったのだ。ターシャはゆっくりと息をすいこんだ。あの石がなくても平気。クララを信じているし、自分の直感も信じている。

「乗ってみる。でも、はじめて馬に乗るから、最初はゆっくり行ってくれる?」

「もちろん!」

クララはターシャに手をさしだした。

ターシャはつま先立ちで、おじいちゃんに「行ってきます」のキスをした。

「今夜、お祭りでね」

笑っておじいちゃんに手をふってから、クララの手を取った。

共同納屋《なや》の飾《かざ》りつけには、冬と春の飾《かざ》りの両方が使われた。白樺《しらかば》やハシバミの枝《えだ》でいっぱいだった花びんには、ネコヤナギの枝《えだ》も入っていて、ふわふわしたやわらかい花穂《かすい》をつけている。ノナおばさんの庭からとってきた、黄色い花をつけたマンサクの細い枝《えだ》もいけられている。

スノードロップも、小さな植木鉢《うえきばち》に土ごとうつされて、花をさかせている。クララとマイカが近くの松林からもってきたものだけれど、祭りが終わったら元の場所に植え直すと約束していた。祭りの会場にスノードロップがさいていることも大切だけれど、あとで本来の場所にもどすことも同じくらい大切なんだと、ふたりはいっていた。

レオとステファンは、前に作った紙の雪の結晶《けっしょう》の飾《かざ》りに、色とりどりの紙の花をつなげた。ターシャのパパとママは、雪景色の向かいの壁《かべ》に春の風景をかいた。鳥が巣作りし、ヤマネコが巣穴《すあな》をほり、ヤギの赤ちゃんたちがはねまわっている。遠くでは、湖の浅瀬《あさせ》で子どもたちが遊んでいる。ターシャは絵の中の子どもたちのようには、まだ泳げる気はしない。でも、きっとまた、泳げるようになるだろう。家族や友達にも助けてもらおう。

⁂

午後になると、共同納屋《なや》にみんなが集まりはじめた。サビーナとエレーナとダニーロは、湖の向こう岸からヴァシリーとアナスタシアをつり舟《ぶね》に乗せて連れてきた。ヴァシリーのアコーディオンの音色に合わせて、マイカはフルートをふき、ラーヤはグースリをひいた。

アナスタシアはダニーロとおどった。サビーナはエレーナと。エディアとガリアもおどり、レオとステファンはかくれんぼをして遊んでいた。ノナおばさんとヴィータはシャンギやピロシキ、干《ほ》したベリーや麦芽をつめたあまい焼き菓子《がし》をみんなにすすめていた。

おじいちゃんは青い雪の結晶《けっしょう》が刺繍《ししゅう》された、丈《たけ》の長い白のチュニックを着てやってきた。おばあちゃんが作ったものだ。パパも、おばあちゃんが作った別のチュニックを着てきた。赤い布地《ぬのじ》に、金色の太陽の光がさしているデザインだ。ママが着たのは緑色のロングドレス。白と黄色のヒナギクが刺繍《ししゅう》されている。ママはターシャが着る濃《こ》い紺色《こんいろ》のドレスをもってきてくれた。銀糸で星座《せいざ》が刺繍《ししゅう》されている。

ファーディナンドはどういうわけかヤギの放牧地からぬけだして、パパとママやおじいちゃんのあとを追って、共同納屋《なや》までついてきた。ターシャは納屋《なや》の外に小さな囲《かこ》いを作ってやって、安全に動き回れるようにしてやった。外の空気はとても暖《あたた》かく、祭りのにぎやかさが外にもあふれ、ターシャとファーディナンドを包む。

日がしずんでからも、納屋《なや》のそばの畑ではみんなが食べて歌っておどり、遠くの森からはヤマネコの鳴き声がする。そうして、谷を囲《かこ》む山々《やまやま》が夕日で金色にそまるとき、台地のはるか北に見える氷河《ひょうが》が、海辺に流れついたガラスのかけらのようにきらめいた。

それを見上げるおじいちゃんは笑っていた。

そのとき、もしターシャがおじいちゃんの視線《しせん》の先を追っていたら、はるか遠くのかがやく氷の上で、おどっている雪娘《ゆきむすめ》のアリアナの姿《すがた》が見えたかもしれない。白い冬毛のキツネの姿《すがた》も。でもターシャは、友達のクララやマイカといっしょに、おしゃべりをして笑いころげていた。少ししてからターシャが北の方角を向いたとき、見えたのは山の上できらめく星だけだった。

訳者あとがき

友だちがほしい。

これはターシャの心の底からの願いです。

ターシャは自分を守る殻《から》に閉《と》じこもってはいても、自分の本当の気持ちに気がついています。物語を読み進めていくと、ターシャが元々《もともと》は明るくて活発な女の子で、ひとりぼっちでいたいわけではないとわかります。農場の近くに住むクララやマイカと一緒《いっしょ》に遊びたいと思っているのに、一歩、踏《ふ》み出せずにいるのです。

そんなターシャですが、美しい雪景色の中で雪娘《ゆきむすめ》のアリアナと過《す》ごすうちに、少しずつ自信を取りもどしていきます。最初は乗るのがこわかったそりにも慣《な》れて、遠出もできるようになりました。「この勇気があれば、クララと友だちになれるかな」、「元の明るい自分にもどれるかな」と、小さな自信を集めて勇気に変えていきます。しかし、厳《きび》しい冬が長引いているせいで、おじいちゃんの病気が悪化したり、道や設備《せつび》が壊《こわ》れて村の生活が苦しくなったりと、悪いこと、不安になることが続いて起きます。

ターシャを助けてくれたのはアリアナだけではありませんでした。「手放すときを知るのと同じくらい大切なのは、手をのばすときを知ることだよ」という、おじいちゃんの言葉が、ターシャの背中《せなか》をもうひと押《お》ししてくれました。ひとりじゃないよ、声をあげて大丈夫《だいじょうぶ》、相手を信じて頼《たよ》る「信頼《しんらい》」の力を、この物語は伝えようとしています。

本作はロシア民話の『雪娘《ゆきむすめ》』に着想を得《え》て書かれました。作者のソフィー・アンダーソンさんは幼少《ようしょう》のころから、プロシア人の祖母《そぼ》からいろいろな物語を聞いて育ったそうです。前作『ヤーガの走る家』では、ロシア民話に出てくるヤーガを題材にしています。かたくなだった主人公のマリンカが「ヤーガの家」の深い愛に触《ふ》れて、人を思いやる心を育んでいきます。この『雪娘《ゆきむすめ》のアリアナ』の作中でも、西の山に「ヤーガの家」がいすわっていて、おじいちゃんを今か今かと待ち受けている場面がありました。おじいちゃんにはどんな風にその家が見えているかが気になった方は、ぜひ『ヤーガの走る家』もあわせて読んでみてください。

『雪娘《ゆきむすめ》のアリアナ』にはネットやSNSなどは一切出てきません。一面真っ白な雪と氷の世界で、主人公ターシャの友情《ゆうじょう》、家族愛、信頼《しんらい》といった心の動きをていねいに追って、自分を取りもどしていく姿《すがた》を描《えが》いた純粋《じゅんすい》なファンタジーです。スマホの電源《でんげん》を切って、ときにはこんなゆったりとした世界にひたってみるのもいいでしょう?

二〇二四年十一月

長友恵子

ソフィー・アンダーソン 作

イギリス・スウォンジー生まれ。地質学者、理科の先生を経て創作の道へ。プロシア人の祖母から聞いた民話をモチーフに、家族愛や主人公の成長を描くファンタジーで人気。2018年、『The House With Chicken Legs』（邦訳『ヤーガの走る家』小学館、2021年）でカーカス誌ベスト・ブック賞、2019年カーネギー賞ショートリスト作品。著書はほかに『The Girl Who Speaks Bear』（2019年、2021年カーネギー賞ショートリスト作品）などがある。現在は湖水地方に夫と4人の子どもと住む。

メリッサ・カストリヨン 絵

イギリス人の母とコロンビア人の父のもと、ロンドン郊外に育つ。アングリア・ラスキン大学で児童書のイラストレーションで修士号取得。シルクスクリーンやリソグラフを使った鮮やかな色使いを特徴とし、2019年にはニューヨークのイラストレーター協会から金賞受賞。邦訳絵本に『ちいさなゆめがあったなら』（第30回いたばし国際絵本翻訳大賞（英語部門）最優秀翻訳大賞を受賞、工学図書刊）などがある。イギリス・ケンブリッジに夫と在住。

長友恵子 訳

翻訳家。訳書に『中世の城日誌』（産経児童出版文化賞JR賞受賞）、『僕たちは星屑でできている』（共に岩波書店）、『ヤーガの走る家』（小学館）、『ブックキャット ネコのないしょの仕事！』（徳間書店）、絵本『せんそうがやってきた日』（鈴木出版）、『こっちにおいでよ、ちびトラ』（徳間書店）ほか。JBBY会員、やまねこ翻訳クラブ会員。池袋コミュニティ・カレッジ講師。

雪娘のアリアナ

2024年11月25日　初版第1刷発行

作　ソフィー・アンダーソン
絵　メリッサ・カストリヨン
訳　長友恵子

発行人　野村敦司
発行所　株式会社小学館
〒101-8001 東京都千代田区一ツ橋2-3-1
電話 編集 03-3230-5625
販売 03-5281-3555

印刷所　TOPPANクロレ株式会社
製本所　株式会社若林製本工場

Printed in Japan ISBN978-4-09-290677-8

制作／友原健太、資材／斉藤陽子
販売／飯田彩音、宣伝／鈴木里彩
編集／田中明子